capa e projeto gráfico **Frede Tizzot**

tradução **Lucas Lazzaretti**

encadernação **Lab. Grafico Arte e Letra**

© Editora Arte e Letra, 2022

G 997
Gyllembourg, Thomasine
Uma história cotidiana / Thomasine Gyllembourg; tradução de Lucas Lazzaretti. – Curitiba : Arte & Letra, 2022.

92 p.
ISBN 978-65-87603-209

1. Literatura dinamarquesa   I. Lazzaretti, Lucas   II. Título

CDD 839.1

Índice para catálogo sistemático:
1. Ficção : Literatura dinamarquesa   839.1
Catalogação na Fonte
Bibliotecária responsável: Ana Lúcia Merege - CRB-7 4667

Arte e Letra
Curitiba - PR - Brasil
Fone: (41) 3223-5302
www.arteeletra.com.br - contato@arteeletra.com.br

SUMÁRIO

Uma história cotidiana..5

Posfácio...75

Sobre a autora...89

Sobre o tradutor..91

UMA HISTÓRIA COTIDIANA

Há alguns anos, viajei para o exterior em uma missão pública e, no caminho para casa, recebi permissão para ficar um tempo em Mecklemburgo[1] em função de uma questão privada e importante. Meu quartel não ficava muito longe de Doberan[2], em uma propriedade cuja localização agradável e sorridente contrastava estranhamente com o tom das pessoas que ali se hospedavam. Tal rigidez e etiqueta, tal falta de leveza nas maneiras e na conversação mal podem ser encontradas em nossa Copenhagen, onde não há mais nem um traço da nobreza e da rigidez que caracterizam o norte da Alemanha, em especial nas pequenas cortes. E aqui não posso deixar de mencionar como alguém se encontra, como por um passe de mágica, lançado em outro mundo quando, depois de uma estadia da natureza da minha, chega a Schleswig[3] e ali vê o mais adorável casal de príncipes, cercado por crianças belas

---

[1] Mecklemburgo-Pomerânia Ocidental é uma região alemã localizada ao norte do país, tendo o mar Báltico ao norte e, portanto, encontrando-se próxima da Dinamarca. [NT]
[2] A cidade de Bad Doberan, chamada de Doberan até 1921, está localizada na região de Mecklemburgo. [NT]
[3] Schleswig-Holstein é a região alemã que faz fronteira com a Dinamarca. [NT]

e prósperas, e encontra em sua vida doméstica a simplicidade nos costumes, as virtudes patriarcais com as quais se devaneava como um ideal na juventude amante da liberdade. Contudo, este não é o lugar para me envolver com estes assuntos, exceto na medida em que esses pensamentos interferiram em meu destino.

Volto então à minha propriedade em Mecklemburgo, e devo confessar que o que me desagradou particularmente foram as maneiras com que as moças presentes conseguiam imitar o lado menos amável das mulheres inglesas, o que torna suas relações tão problemáticas de tal maneira que, por exemplo, dificilmente se ousa cumprimentar belas mulheres conhecidas em público sem correr o risco de ser considerado despretensioso e intrusivo. Em nenhuma ocasião essa rigidez é tão marcante quanto em um baile. Acontece que eu estive por várias vezes acostumado a tais divertimentos e quando me sentei quieto e observei os dançarinos, o contraste maravilhoso entre suas sérias, sim, solenes expressões, e a velocidade com que se moviam em uma dança alegre, pensei que eu poderia tanto rir quanto chorar com aquela visão. Há – na minha opinião – sempre algo de antinatural em ver pessoas adultas, muitas vezes pessoas mais velhas e corpulentas, pulando e balançando-se como crianças, enquanto o suor em grandes gotas cai sobre o rosto de um vermelho sanguíneo e os olhos ficam rígidos na tensa fisionomia. Se isso não acontecer com perceptível alegria e capricho, então acho que é uma visão triste e risível. Provavelmente se assumirá que alguém que se senta quieto e faz tais observações deve estar com um péssimo humor. Eu assim estava, confessarei livremente. Fiquei indescritivelmente entediado neste círculo, me sentindo como se estivesse no paraíso, quando a companhia na propriedade foi aumentada por uma jovem camponesa que estava de visita e logo voltaria para sua casa em Copenhagen. Agora aquele baile e aqueles grupos tinham interesse para mim. Sua decente liberdade na sociabilidade, a franqueza com que me tratava, a jovialidade com que dançava comigo me pareciam tão encorajadores a todo o meu ser que Jette H. me parecia enviada para meu consolo por uma boa fada. Talvez não fosse seu menor mérito ser extremamente bonita e, portanto, brilhar como um sol entre as outras damas; a beleza é bastante rara no norte da Alemanha. Em todas essas circunstâncias conflitantes, era natural que eu me sentisse particularmente atraído por essa moça, sobre a qual, aliás, eu só sabia que era linda, falava gentilmente comigo e era filha de um homem conhecido por mim como sendo respeitável e excelente em sua profissão. Ela havia chegado com uma senhora idosa de Copenhagen. Foi durante a época dos banhos, quando Doberan é rica em diversões e visitantes. Uma noite, na companhia um do outro, nos divertimos muito. Por engano, a carruagem que deveria nos buscar em nossa morada comum não apareceu e, como o tempo estava muito bonito, as damas quiseram percorrer a pé a estrada bastante extensa, acompanhadas por mim e por outro jovem. Foi meu afortunado destino poder acompanhar Jette. Passávamos agora pela adorável orla, a lua refletida no lago límpido em cuja superfície passavam muitos barcos, enquanto os remos ressoavam pela noite tranquila, interrompidos pelas notas de uma música distante. Era uma noite quente e adorável de verão. Tudo parecia tão lindo para mim; o mais lindo de tudo era a moça cujo braço macio repousava no meu, e – não sei como uma coisa leva à outra, mas voltamos para casa noivos.

Quando fiquei sozinho, fiquei bastante maravilhado com a imprudência com que dei esse passo importante; pareceu-me que havia sonhado tudo. No dia seguinte, quando visitei as damas dinamarquesas em seus aposentos, minha noiva, com clareza, me apresentou às suas amigas como seu noivo, tratou-me com intimidade[4] e se achegou a mim como se já tivéssemos por vários anos e através de muitas provações chegado a nos conhecer e nos amar. Ainda que houvesse nisso algo de objetável aos meus sentimentos, por outro lado, fiquei agradavelmente surpreso ao descobrir aos poucos os muitos talentos de minha Jette, os quais nunca havia imaginado. Ela tocou com grande habilidade o piano, cantou de forma bastante artística e era uma grande mestra no tão útil bordado. Escrevemos aos pais dela em Copenhagen e eu formalmente pedi a mão de sua filha, e expus minhas condições financeiras, as quais me permitiam sustentar uma família.

Jette deveria partir com o próximo navio a vapor. Queríamos e esperávamos, na mesma ocasião, obter algumas palavras de consentimento por parte de seus pais. Enquanto isso, diariamente nós caminhávamos sozinhos e Jette me contou sobre sua casa e suas circunstâncias com sua conversa franca. Ela não parecia amar com muita estima seu pai, mas parecia ser a fa-

---

4 Em dinamarquês o uso do pronome du [você] era utilizado apenas em relações íntimas e familiares, sendo que o pronome utilizado de maneira formal era o De. Ainda existente em termos gramaticais, tal formalidade não se manteve na atualidade. Para evitar uma formalidade que parece estranha ao tom da narrativa, optamos por verter os pronomes pelo coloquial "você", salvo quando expressamente se faz necessário algum pronome de tratamento específico. [NT]

vorita de sua mãe. "Graças a Deus!", ela disse uma vez, "que meus pobres pais agora podem ter o prazer de me ver como sua noiva, já que faz apenas meio ano que eles sentiram tanta tristeza por minha irmã sueca". – "Sua irmã sueca?, eu exclamei; "quem é essa? Pensei que você não tinha irmãos?" – "É apenas minha meia-irmã", disse ela com uma expressão indiferente: "é filha da primeira esposa de meu pai, que morreu quando ela nasceu" – "Mas por que você a chama de sueca? E que pesares causou aos seus pais?" – "Devo lhe contar tudo: nós a chamamos de irmã sueca porque ela está na Suécia com o seu tio desde os dez anos de idade. Ele morreu faz três meses. Ele era um homem rico, terrivelmente distinto em todos os sentidos. Ele havia viajado por todo mundo e era tão inteligente que podia ouvir a grama crescer, como dizem. Uma vez ele foi à Copenhagen, e como papai havia se casado fazia tempo, ele levou sua sobrinha com ele para Estocolmo, e fez dela um ídolo tão grande que quando ela cresceu ele não teve paz nem sossego antes de vê-la noiva de seu filho, alguns anos mais velho que ela. Agora deve fazer cerca de dois anos desde que os três nos visitaram em Copenhagen, e foi então uma alegria e uma glória; e Henning F. (esse é o nome do filho) é – você pode acreditar – a pessoa mais adorável e gentil que há no mundo, e todo mundo dizia o mesmo. E dizia-se que ele estava terrivelmente apaixonado por minha irmã, embora Deus saiba que ninguém poderia dizer que os dois eram amantes por seus modos; eles nunca se tratavam por *você*, nem chegavam perto um do outro. Pelo que sei, o máximo que ele se atrevia era de beijar a mão dela. E ninguém consegue decifrá-la; ela é tão rígida e distinta; a mãe também acha isso. Mas então cada um seguiu seu caminho; ele viajou para o exterior e ela viajou para sua casa em Estocolmo com seu tio. Mas então, meio ano atrás, veio uma carta dizendo que ele havia se apaixonado mortalmente por uma moça estrangeira, e ela por ele; dizendo que ele queria falar abertamente com minha irmã e que entregaria seu destino em suas mãos, pois, se ela exigisse, ele voltaria e manteria sua palavra de homem honrado. Mas Deus nos proteja; por ser muito orgulhosa, ela imediatamente lhe deu a liberdade e até o reconciliou com seu pai, que estava imensamente zangado com ele, e assim ele conseguiu sua francesa ou italiana, o que quer que ela fosse, e Maja permaneceu parada". – "Maja", eu exclamei: "é um nome bonito". – "O nome dela é em homenagem à mãe, que também era sueca, e muitas se chamam assim por lá. Mas agora imagine! O pai tomou tanto para si o comportamento do filho que dizem que foi um prego em seu caixão, e agora Maja tem isso em sua consciência, é o que diz mamãe". – "Nisso", a interrompi, "sua mãe está muito errada, na minha opinião. Foi sensato e bom o que sua irmã fez. – Você não parece amá-la. Por que não?" – "Ah", ela respondeu, "ela certamente é uma moça de bom coração, mas ela é, como eu disse, tão rígida, tão distante e tão distinta que é desagradável associar-se com ela". – "Ela é bonita?". "Não, ela não é bonita. Ela também não tem talentos sobre os quais valha a pena falar. Mamãe diz que ela é a melhor ao fazer as *honneurs*[5] à mesa, pois o tio sempre a exaltava por manter a casa tão bonita e agradável. Agora ele está morto, e o filho, seu antigo amado, finalmente queria dividir a herança com ela, como se fosse uma irmã, mas ela também não aceitou, guardou apenas o que seu tio materno lhe dera, e aquilo não era nenhuma mansão. Foi uma loucura da parte dela, disse a mamãe; era o último que ela podia fazer para desperdiçar sua fortuna. Mas o papai concordou com Maja nisto como em tudo mais. Uma tia que ela tem lá a levou para sua casa, uma vez que ela não pode abandonar tudo na ausência do jovem F. antes que um escrivão, ou seja lá quem for, vá para Estocolmo e tome conta de tudo; mas assim que ele vier

---

[5] No original em francês, *honras*. [NT]

de onde quer que esteja, e ela colocar tudo em ordem, então ela voltará para casa, para nós, e isso é o pior, porque o papai é completamente enfeitiçado por ela e a mamãe já teve muitos desagrados por causa dela, e provavelmente terá ainda mais".

Essa história me pareceu um incômodo que *eu* padecia em função dela, pois minhas novas circunstâncias começaram a me inquietar. Pai e mãe que discordam e, o que é previsível, injustamente, cada um contra sua filha; esta irmã sueca, que também viria a ser *minha* parente, rígida, fria e distinta, presumivelmente apagada pela tristeza, com a sensibilidade doentia que em geral se apega às mulheres que muito se desapontaram com suas demandas da vida. Essas não eram perspectivas reconfortantes. Decidi em silêncio apressar meu casamento e arrumar minha casa de modo que, de minha parte, não fosse perturbado pela dissonância das relações de minha nova família.

Com o próximo navio a vapor veio a desejada carta de consentimento para Jette e para meu compromisso; contudo, apenas metade dos meus desejos foram atendidos, pois do pai não havia nenhuma palavra. Mas a mãe garantiu-me a aprovação, e sua carta era ainda mais solícita, solícita demais para comigo, de modo que fiquei com vergonha, enquanto ao mesmo tempo louvava a bem-aventurança que, segundo sua convicção, seria minha na união com sua filha, que havia mostrado que se tornaria uma esposa exemplar.

Jette então viajou e, na minha solidão, comecei a refletir sobre mim mesmo e meu futuro. A moça é linda, boa e me ama, pensei; o que eu quero mais? A propósito, não pude deixar de me maravilhar com sua educação peculiar que, tendo lhe dado tantos talentos, havia, no entanto, sido culpada de tanta negligência. Assim, eu nunca poderia ler nenhuma carta dela sem um grande aborrecimento; uma mão tão medíocre, uma ortografia tão pobre e, especialmente, um conteúdo tão vazio, tão insípido, convinha apenas a uma moça em cuja educação tanto foi aplicado. A coisa mais interessante que ela me disse nessas cartas (que recebia regularmente todas as semanas) foi o fato de que meu cachorro estava com ela. Este animal extremamente bonito, que eu possuía há pouco tempo, era uma herança de meu irmão recentemente falecido e, portanto, era muito querido para mim. Ele estava comigo no barco quando segui Jette a bordo do navio a vapor e, na agitação que prevaleceu, ele se separou de mim e, como então eu soube, permaneceu no navio. Respondi que estava feliz por meu cão estar mais feliz do que eu e que esse *Fido* (como era chamado) era uma imagem viva de minha felicidade que a seguia por toda parte.

Com o último navio a vapor, que partiria no mesmo outono, eu pretendia viajar para Copenhagen. Naquela mesma manhã, fiquei agradavelmente surpreso ao ver meu velho amigo, Anton B., vindo até mim. Ele me contou o que eu não sabia, que havia recebido um excelente cargo na Fiônia[6] e estava no caminho de sua viagem para lá. – "No caminho?", exclamei: "de Copenhagen para Fiônia? Passa-se por Doberan?" – "Sim", ele respondeu, "o que você dirá quando eu lhe contar que vim aqui apenas para ter uma única conversa com você, pois esta tarde estou viajando por terra a partir daqui; já tenho companhia com um amigo que vai pelo mesmo caminho. Graças a Deus eu não o perdi! Era impossível para mim vir antes, ou então esperá-lo em Copenhagen, especialmente porque eu não sabia que você chegaria lá antes da primavera". – "Querido amigo", eu disse: "você está superando minhas expectativas. Que assunto importante que eu"... "A coisa mais importante de minha vida", ele me interrompeu, "aquilo a que coloquei todo meu coração, toda minha paz de espírito e que nunca pretendo encontrar um

---

[6] A Fiônia é a terceira maior ilha da Dinamarca, localizada na parte central do país. [NT]

Ministre plenipotentiaire[7] melhor do que você". – "Fale, querido amigo! Fale! Eu atravesso o fogo pela sua paz e felicidade". – "Suponho que você já entendeu", ele disse, olhando pela janela para esconder seu constrangimento, "você já entendeu que é uma história de amor na qual quero iniciá-lo. – Seu homem afortunado! Acontece de você ver e viver diariamente em relações familiares com a moça que eu venero – *venero*, essa é a palavra correta. Você está noivo de Jette H.? É a irmã dela, Maja, a quem me refiro". – "Como!", gritei espantado: "Maja H., que não é bonita nem, suponho, muito jovem? A moça abandonada pelo noivo?" – "Quem se atreve a dizer uma coisa dessas?", exclamou com veemência, mas se apaziguou aos poucos com cada palavra que se seguiu: "Não é jovem? Ela é pouco mais de dois anos mais velha que Jette, que tem dezoito anos. O Senhor H., que tanto pranteava sua primeira esposa, contudo, antes de alguns anos se passarem, foi novamente pai e marido – acredito que, com razão, foi o primeiro antes do último. Não é bonita, você diz? Veja você mesmo! Bonita é dizer muito pouco; nenhuma palavra expressa o que ela é. Abandonada pelo noivo? – o menino estúpido que deixou uma pérola dessas escorregar de sua mão! Mas só isso já a tornava

---

[7] Em francês no original: ministro plenipotenciário [NT]

duplamente gloriosa aos meus olhos. Pois ela provavelmente o amava, embora muitas vezes eu pensasse que o tratava mais como um irmão do que como um amante. Mas suponha que ela não estivesse apaixonada por ele, quantas eram capazes de agir como ela? Eu a amei por muito tempo. Pensei que havia morrido de alegria quando soube que ela estava livre". – "Mas onde você a conheceu?", perguntei. – "Em Estocolmo, é evidente! Minha mãe não mora em Estocolmo há vários anos? Por três anos eu permanecia por lá metade do ano. Lá eu ia regularmente à casa de seu falecido tio materno. Aquela era uma casa, e aquele era um homem! Não espero mais ver nenhum dos dois". – "Mas", eu disse, "perdoe minha sinceridade; tal moça, que já teve um amado, nunca seria a minha escolha". – "Na Dinamarca você pode ter uma espécie de razão no que diz, mas na Suécia não, pelo menos não na casa de um homem como aquele de que estamos falando. Ele ainda preservava os costumes refinados e polidos da época do Rei Gustavo Terceiro[8]. Não sei se eles mantêm esses costumes em outros lugares, pois esta foi a única casa sueca na qual me associei com intimidade.

---

[8] Gustavo III (1746 – 1792), rei da Suécia entre 1771 e 1792, ficou conhecido por seu governo despótico e por ter fortalecido o cenário artístico e cultural de seu país. [NT]

Mas, ao mesmo tempo, tenho certeza de que Maja e seu noivo provavelmente nunca se beijaram, talvez quando trocaram alianças, e possivelmente quando se separaram com a viagem dele. Não, os costumes suecos são rígidos a este respeito, e eles não fazem piadas no que diz respeito às filhas". – "Mas diga-me", repeti, "você declarou a ela o seu amor?" – "Oh Deus, não! Eu mal ousei dar a ela algo para se entender nesse sentido. Não sei se ela me entendeu". – "O que então você quer que eu faça?" – "Cuide de meu tesouro, fique de olho em tudo que diz respeito a ela e avise-me sobre isso e – se você é meu amigo e me apresentará a maior benevolência que posso receber de um ser humano, então se esforce para aproximar-se dela, e escolha um momento conveniente e mencione a mim para ela, se ela escutar o meu nome com o menor interesse, então entregue a ela esta carta (ele a tirou de sua bolsa de cartas e a apertou fervorosamente em sua mão) que eu escrevi com a plenitude do coração. Dá no mesmo se esta nunca envelhecer antes de chegar às mãos dela. Meus sentimentos não terão mudado, mesmo que tenha que esperar até meu último dia".

Prometi com o coração sincero tudo o que Anton queria de mim e nos separamos para viajar, cada um em seu caminho. Enquanto subia e descia o convés do navio em minhas contemplações solitárias, não pude deixar de comparar os sentimentos de Anton por Maja com os meus por sua irmã. Maravilhoso, disse a mim mesmo, é esse sentimento que chamamos de amor. Como a palmeira, parece apenas ser capaz de crescer quando é suprimido em sua infância. Abençoado, contudo, é aquele que carrega em seu coração um sentimento tão completo; quando apenas uma esperança, por mais pequena – não maior que a de Anton – o anima, então essa pequena centelha de esperança é tão feliz quanto qualquer certeza pode ser. Contudo, o casamento pode muito bem ser feliz sem paixão; sim, é mais feliz sem ela. Com esses pensamentos, cheguei à alfândega de Copenhagen e desembarquei feliz e despreocupado.

Um velho ditado diz: *um servo do rei chega antes que um servo de Deus*[9]. Considerei obrigatório aplicar esta regra de vida ao serviço do pequeno e cego servo de Deus, o qual está muito inclinado a abandonar tudo. Por isso, cuidei de vários negócios antes de, precisamente ao meio-dia, entrar na casa dos meus futuros sogros. Não se sabia de minha chegada. Eu fui conduzido a um corredor de entrada lindamente decorado, onde a primeira coisa que meus olhos en-

---

[9] Alusão à passagem bíblica encontrada em 2 Reis 6:15-17. [NT]

contraram foi meu Fido, que estava deitado em um travesseiro limpo em um canto do corredor. Satisfeito, voei em sua direção e, sem muito pensar em sua imobilidade, abaixei-me para acariciá-lo. Imagine a minha surpresa – posso dizer: o meu horror! Ele estava morto! Meu lindo e animado cachorro estava empalhado. Seu corpo brilhante estava gelado, com olhos mortos de vidro ele me encarava terrivelmente. Fiquei parado como se eu mesmo estivesse morto e empalhado quando a porta se abriu e Jette, com um grito de alegria, voou em volta do meu pescoço, depois correu para a porta entreaberta e gritou: "Mamãe, mamãe, meu amado está aqui!" Uma mulher ainda muito bonita e elegantemente vestida entrou e me cumprimentou com um abraço caloroso, como se eu fosse seu próprio filho. Fui conduzido para a sala de estar, mas antes não pude evitar de virar o rosto mais uma vez para o cachorro empalhado; Jette me conduziu até lá e disse: "Chorei muitas lágrimas pela morte do seu cachorro, mas não queria escrever sobre isso, porque queria fazer uma surpresa para você. Não está empalhado perfeitamente? Não parece que está vivo?" – "Sim, muitíssimo", respondi, com dificuldade para esconder o humor taciturno em que essa surpresa bem-intencionada, mas mal pensada, me pusera.

Ao entrar na sala de estar, meu desagrado foi agravado pela companhia sofrível; encontrei quatro senhoras desconhecidas de diferentes idades e aparências, todas as quais, se imaginava, unidas à casa por amizade ou parentesco. Todas estavam, assim como as damas da casa, empenhadas na alfaiataria. Mesas, sofás, todas as cadeiras estavam cheias de roupas e costuras acabadas e inacabadas, assim que Jette e algumas das damas fizeram o suficiente para arranjar uma cadeira para eu sentar. Depois de uma curta estada eu quis ir, mas elas exigiram tão enfaticamente que eu ficasse e jantasse ali que concordei, tanto mais porque queria conhecer mais de perto o meu futuro sogro. Eu o havia visto muitas vezes, mas nunca nos aproximamos. Pouco depois, ele voltou para casa, cumprimentou-me sincera e educadamente com algumas poucas, mas significativas palavras e então começou uma conversa tranquila e desimportante. Com grande dificuldade e esforço a mesa foi desocupada e finalmente posta com uma notável falta de limpeza e ordem, o que, como a refeição muito simples e escassa, estranhamente contrastava com os cômodos elegantemente decorados, muito embora bagunçados, e com as senhoras ornadas e modernamente vestidas, que à mesa quase brigavam por causa de um e mesmo copo, ávidas para entornar meia jarra de cerveja atrás da outra. Em meio a este sofrimento o Senhor H. teve um ato nobre, exigindo vinho e taças para beber às minhas boas-vindas. Após uma pausa excessivamente longa, isso também foi arranjado, e meu futuro sogro propôs um brinde a mim de uma forma tão agradável que eu não apenas esqueci todos os pequenos inconvenientes anteriores, mas até mesmo, com minha melhor expressão, bebi uma xícara de algo chamado de café que Jette havia ela mesma feito para mim, mas que, em outras circunstâncias, eu teria alegremente trocado pelo pior xarope. Quando o Sr. H. indicou estar se retirando, de bom grado tomei a oportunidade para segui-lo; mas a mãe e a filha então me abordaram com súplicas para conceder a elas a primeira noite que poderia passar com elas, assim que pacientemente coloquei meu chapéu e me sentei com as damas, que já estavam novamente sentadas perto de seus instrumentos de costura. O Sr. H. se foi e uma conversa arrastada começou. Fui questionado sobre minha viagem, sobre as cidades estrangeiras. Tentei em vão ser o mais divertido que pude, mas cada vez que comecei a ser um pouco espirituoso, era interrompido pelas damas, que, após um rápido "me perdoe" direcionado para mim, voltavam-se umas às outras com importantes e urgentes observações sobre seu trabalho em comum. "Pelo amor de Deus, Louise! Você está virando esta manga errado!". – "Não, eu não estou! Veja só, é igual a outra". – "Sim, então a outra também está errada". – Assim uma longa discussão sobre isso começou. – Então, desde o outro lado, veio uma voz: "Sra. H., não tenho mais nenhuma fita". – Ou: "Jette, me dê uma agulha nova", etc. Depois dirigiram-se a mim: "Peço-te mil vezes perdão por tê-lo interrompido no meio de uma sentença. Falávamos sobre a vida rural na Inglaterra: é muito agradável, dizias?". – e assim continuou por algumas horas, até que vi com grande prazer o samovar ser trazido; pois, apesar de não ser um amante do chá, eu encontrava uma satisfação intensa no ferver e chiar do samovar, o que me pareceu uma conversa muito mais sensata do que a que tínhamos conduzido recentemente. Agora é que a noite estava quase acabando, eu pensei; mas então – o que a dama da casa fez? Jette mal havia se levantado para servir o chá antes de sua impiedosa mãe dizer: "Escute, Jette: como recompensa por nossa diligência hoje, nos divirta tocando a sonata que eu tanto gosto". – "Oh sim, doce Jette!", soava agora de todos os lados. Jette então sentou-se ao piano para tocar uma sonata monstruosa; pelo menos me pareceu a peça musical mais longa que já tinha ouvido na minha vida.

Em meu coração amaldiçoei o famoso compositor. O samovar também adormeceu ao longo da sonata e, depois de muitas tentativas de trazê-lo de volta à vida, finalmente começamos a saborear o chá morno e ralo que era levado pelas diligentes damas às mesas de trabalho que elas não queriam abandonar. Quando tudo isso acabou e, com muitas dificuldades, as damas ajuntaram suas ferramentas, cada uma empacotando suas próprias coisas, já havia passado quase uma hora após a meia-noite. Então surgiu um grande sussurro entre as amigas e as damas da casa; ao que Jette exclamou: "Não se preocupem! Meu amado é um cavalheiro valente: ele terá prazer em acompanhar todas vocês até suas casas". Eu estava com um sono incomensurável, ainda cansado da viagem e, de qualquer modo, sentia tudo menos alegria com aquela questão; contudo, como não havia outra saída, fiz a melhor expressão que pude e acompanhei aquelas quatro senhoras por todos os quatro cantos da cidade, de modo que cheguei em casa às 3 da manhã. Em quão bom humor eu estava, deixarei todos adivinharem.

Com pouca mudança, todos os dias se passavam dessa maneira na casa da minha noiva. Sempre a mesma desordem e inquietação, a costura incessante das roupas, golas, mantos, etc., como se não houvesse nada no mundo além de ornamentos e moda; sempre a mesma mesquinharia em tudo o mais. Apenas para com alguma peça de roupa ou para com algo que rendia uma vaidade fugaz não se era frugal com as despesas; só isso, se notava, valia dinheiro e esforço. O Sr. H. era, como logo percebi, quem nunca deixava vazar palavras inúteis, nunca ficava zangado, mas uma vez que determinava certa vontade, sabia como realizá-la. Enquanto isso, cuidei para não passar mais horas lá na casa do que a cortesia e atenção necessárias estritamente exigiam. Por algum tempo, como alguém que havia estado em uma bebedeira na noite anterior, fiquei tão vazio e confuso em minha cabeça que nenhum pensamento sensato podia encontrar um lugar ali. Tinha muitos assuntos de negócio para tratar; mergulhei neles e não consegui pensar em meus próprios assuntos pessoais.

Um mês depois de meu retorno fui convidado para um jantar nos H-s, assim que consegui alguns ingressos para a comédia, o que, esperava, agradaria às damas da casa e, além disso, me livrariam do sofrimento de estar sempre na companhia daquelas amigas insuportáveis que estavam sempre por lá. Mas sempre parecia como se um duende estivesse jogando seu jogo vicioso na casa, então aquele havia se tornado um dia de Tycho Brahe[10]. Embora soubessem que tínhamos de estar no teatro a tempo de conseguir um bom lugar, só nos sentamos à mesa às cinco horas, e então a cozinheira e o gato conspiraram de modo que metade da comida estava defumada, a outra metade havia sido roubada, de modo que nos levantamos da mesa sem literalmente termos saboreado nem o mínimo, sem uma taça de vinho. Este agradável banquete foi ainda mais realçado pelo fato de que o Sr. H. estivera consternado e, contra todo o costume, brigara com sua mulher sobre os dois quartos que ele alugara no andar superior para receber a filha mais velha, que era esperada na primavera. – "Ela deve ter o que está acostumada", ele disse, "e ela deve assumir a administração da casa; estou cansado deste modo de vida". No mesmo instante, acalmando o tom, acrescentou: "Chegou a hora, mãe, de ter mais paz e liberdade. Não me entenda mal! Não quero dizer que você é uma mulher velha; pelo contrário! Você ainda é jovem e bonita aos meus olhos, mas agora que as meninas cresceram, os negócios domésticos pertencem a elas. Jette deve

---

[10] A expressão "dia de Tycho Brahe" se refere, no folclore escandinavo, a um dia especialmente azarado, não sendo este recomendado para transações negociais, eventos pessoais e atividades que envolvem mágica. A origem do termo remontaria ao astrônomo dinamarquês, conhecido por ser bastante supersticioso. [NT]

costurar seu enxoval. Maja deve administrar a casa. Ela sabe como arrumar uma casa como deve ser, ela aprendeu isso com o tio, ele sabia como viver e sabia como economizar de maneira correta". Com uma tristeza que eu nunca havia notado nele, pegou seu copo e, como se quisesse beber à memória do falecido, o ergueu, e acrescentou: "e do que ele não entendeu?", trouxe o copo aos lábios e disse: "Deus o abençoe no paraíso!", e esvaziou o copo com lágrimas nos olhos. A esposa ficou um pouco calada, então disse: "Sim, deixe apenas Maja cuidar da casa; ela não tem talentos que podem distraí-la, como Jette tem". – "Oh, que talentos?", disse o Sr. H., "eu torço o nariz para talentos que tornam a vida mais agradável, mas que, como pratos bem-dispostos, servem à contemplação, mas não dão vida nem sustento. Maja não tem talentos? – Ela canta, entre outras coisas, como uma sereia". – "Como uma sereia, papai?", Jette exclamou rindo: "as flores sabem cantar? Nunca ouvi isso antes". – "Sim, imediatamente temos a boa educação de Jette", gritou o pai: "não deveria dizê-lo na presença de seu noivo, mas a densa ignorância em que nossas jovens talentosas crescem hoje em dia é incomparável. Elas não conseguem entender um poema ou uma pintura; na escola aprendem geografia, história, línguas e Deus sabe mais o quê, mas elas não conhecem o Céu e a Terra, a história bíblica ou a mitologia; tagarelam em francês e alemão e não compreendem um livro nessas línguas. Você se lembra como exaltou o bom senso e o bom coração pela emoção que ela havia demonstrado na exposição, ao ver a escultura de Thorvaldsen, a qual representa Ganímedes e a águia de Júpiter? Ela disse que deveria ser o jovem Napoleão; suas amigas eram da mesma opinião, e todas choraram com grande comoção". – A esposa ficou zangada e quis responder, quando, naquele momento, chegou a triste informação de que nada havia no restaurante mais próximo, do qual tentaram obter uma compensação pelo jantar perdido; e no momento seguinte a porta se abriu e um carteiro entrou com as seguintes palavras: "Bom apetite!" – o que, naquelas circunstâncias quase soou como um sarcasmo – entregando então uma carta ao Sr. H. Após ter lido com pressa, seu rosto se iluminou. "É de Maja", ele disse. "Ela certamente virá na primavera". Então ele se levantou da mesa, o resto de nós seguiu seu exemplo. Ele se aproximou de sua esposa, disse algumas palavras gentis como um pedido de desculpas, beijou Jette, e por então já era bem passada a hora da comédia, mas as damas ainda queriam ir para lá, assim que tanto eu quanto ele as acompanhamos e, com grande dificuldade, procuramos um lugar para que elas pudessem ver o restante da peça, e depois eu, a seu convite, o acompanhei a um restaurante, onde nos permitimos ficar em uma sala privada. Nesta refeição, o Sr. H. foi o anfitrião mais gracioso, eufórico e caprichoso, como eu nunca o havia visto antes. Por fim, nos permitimos uma garrafa de champanhe e, quando estávamos ambos animados e de coração aberto, ele disse: "Ainda não lhe pedi desculpas pela falta de cortesia que demonstrei ao não responder sua carta, na qual pedia a mão de minha filha. Minha esposa quis responder imediatamente e não sei o que estava me segurando. Confesso que sinto que errei com esta criança. Meu amor pela minha primeira esposa e por minha filha que se parece com ela – pois a precipitação de minha juventude me tornou marido e pai pela segunda vez – me tornou indiferente e negligente em relação à educação de minha filha mais nova. Mas a natureza e o destino têm sido melhores do que eu. Jette é uma boa moça e, ao lado de um homem como você, será uma boa esposa, eu espero. Desde que comecei a conhecê-lo melhor, você se tornou mais querido para mim a cada dia. Sinto que vou amá-lo como a um filho e espero que possa transformar meu erro em correção novamente. É também um grande consolo para mim pensar que quando a morte me chamar algum dia, vive em você um irmão e protetor de minha Maja, minha pobre menina, abandonada pelo homem que ela amou desde a infância e privada de seu amigo fraternal que a amava tanto". Ele passou a mão pela testa, olhou para o relógio, deu um pulo e disse: "Está na hora de buscarmos nossas damas na comédia".

Essa conversa me pareceu ter um efeito reconfortante sobre mim. Cada vez mais encontrei em meu futuro sogro um amigo e um querido companheiro que adoçava as muitas horas quase insuportáveis em sua casa. Até mesmo a dona da casa, com todas as suas fraquezas, sempre foi gentil e bem-humorada comigo. O modo de ser de Jette realmente me deixava mais desconfortável a cada dia que passava; mas, por outro lado, ela me dava tantas provas de seu bom coração, da devoção com que se esforçava, por assim dizer, para adivinhar meus desejos, que a ideia de romper um compromisso que era fruto de uma pressa mil vezes arrependida não podia surgir em mim com seriedade. Várias circunstâncias em minhas relações externas aliviaram meu desejo de postergar meu casamento, o qual, antes de meu retorno, eu pretendia apressar. Tentei usar esse tempo para dar à minha noiva um pouco mais de gosto e formação verdadeira. Mas todas essas tentativas fracassaram devido à agitação da casa, aos muitos amigos, às diligências inoportunas, que na verdade consistiam apenas em uma espécie de rebuliço, e aos vários tipos de percalços na felicidade doméstica. Com grande expectativa, eu ansiava pelo tempo que traria a irmã que havia sido pintada para mim em cores tão diferentes. Em uma coisa, porém, esses retratos concordavam: ela era infeliz, naturalmente triste e precisava do incentivo e da indulgência de seus entes queridos. Esse pensamento já me oprimia, pois eu mesmo estava consternado e até precisava do consolo e da misericórdia que, em dias mais felizes, sempre achei agradável de dar a alguém que sofria. Também era certo e verdadeiro que a casa do Sr. H não podia tolerar o menor aumento nas obrigações, inconveniências ou desconfortos domésticos. Desta maneira, contudo, passou o longo inverno. A primavera chegou: violetas, cotovias, andorinhas, maio e Maja.

Estive no campo por alguns dias. Voltei para a cidade à noite e, conforme o dever e a obrigação, para minha noiva. Após as primeiras saudações, Jette gritou: "A irmã sueca chegou. Venha e deixe-me apresentá-lo a ela". Ela me arrastou escada acima e abriu a porta de uma sala onde – não sei como explicar, mas me pareceu que já era diferente o ar que respirava. Parecia-me permeado pela névoa da primavera. Ali era tão arrumado, tão quieto e tranquilo, como se aquele pequeno cômodo fosse um templo. Usando uma tela como luz, uma senhora sentava-se à mesa e escrevia, ao que parecia, bastante imersa em si mesma. Jette abriu a porta muito lentamente e colocou a cabeça para dentro, assim como eu. Finalmente, ela gritou: "Maja! Estou aqui com meu amado!" A dama que escrevia se levantou rapidamente e veio ao nosso encontro. Essa era Maja! – quão diferente da ideia que eu tinha dela! Era uma moça extremamente fina e de compleição leve, cuja aparência jovial, infantil e alegre parecia sugerir suficientemente o nome que era uma homenagem à ninfa que deu à luz ao Deus alado, rápido e eloquente que iguala o destino dos homens na vida e na morte, bem como era uma homenagem ao sorridente mês da primavera, o qual é consagrado a ela. Pedi desculpas por interromper sua escrita. Ela respondeu com uma voz cuja melodia entrava na alma, com o sotaque sonoro da bela língua de nossos vizinhos, ainda mais embelezada por uma mistura de pronúncia dinamarquesa: "Cruz! O correio só sai amanhã, então posso escrever para casa. Casa? Isso não foi bem dito! Não! Aqui é minha casa com os meus!". E com essas palavras ela pegou a mão de Jette nobre caráter não falara em todas as linhas! Que delicadeza e dignidade, que esforço sensato para confortar um amante infeliz e, ao mesmo tempo, para afastá-lo de toda esperança! Todas as minhas tristezas desapareceram no puro prazer de admirar a amada, na alegria ditosa de sua perfeição.

Fui retirado dessas reflexões por uma mensagem que me trouxe a tão esperada ordem de viajar sem demora na missão para a qual eu havia pedido permissão para realizar. Essa ordem me pareceu uma carta celestial. Isso adiou o meu casamento, retirou-me de meu relacionamento opressivo por um tempo e me deu a liberdade de pensar e me esforçar para recuperar minha compostura. O que eu quero aqui?, eu disse a mim mesmo. Maja ama outra pessoa e eu deveria ser apenas seu amigo e irmão. Tentarei considerá-la um ser extraterreno, um anjo que não deve ser objeto de um amor terreno. Ah! ela certamente é um ser desse tipo. Vou honrá-la e protegê-la, apreciando que este possa ser o meu destino, e que esta felicidade e a amizade de seu pai possam me dar a compensação pelo que quer que seja espinhoso em minha relação com esta família.

Não vou mencionar as cenas de lágrimas e abraços, convulsões e desmaios que minha partida inesperada causou em Jette, em sua mãe e até mesmo em suas amigas já mencionadas. Com a ajuda do meu valente sogro, me desvencilhei de tudo isso, abracei-o calorosamente, dei um beijo caloroso na mão muito silenciosa de Maja e rapidamente me afastei dela e de minha cidade natal, mais ou menos na mesma época do ano em que havia retornado no ano passado.

Minha viagem e meus negócios foram extremamente bem-afortunados. Esforcei-me de todas as formas para recuperar minha liberdade espiritual. Realizei com o maior zelo o que havia empreendido, entreguei-me ao meu amor pela arte e pela ciência, participei de todos os tipos de diversões e entretenimentos. Em suma, usei honestamente todos os antídotos para a paixão que eu jamais imaginei serem efetivos; mas quando às vezes eu pensava que estava no caminho da cura, sempre acontecia algo pequeno que me trazia de volta ao mesmo ponto inicial que havia deixado, como, por exemplo, uma expressão em uma carta de casa, uma melodia ouvida antes em diferentes circunstâncias, uma semelhança, muitas vezes muito distante, com a imagem que me parecia a mais adorável, um sonho, ou sabe Deus como todos os pequenos deuses do amor eram chamados, qual cupido é enviado para vigiar seu escravo e evitar sua fuga.

Depois de oito meses meus negócios haviam se encerrado e eu mal podia esperar para voltar para casa. Voltei para casa – creio que inalterado, e encontrei tudo o mais inalterado. Em todos os sentidos, era como se eu não tivesse partido.

Poucos dias depois de meu retorno, era meu aniversário. Muitas lembranças da infância e da juventude se apegaram a este dia do ano. Eu estava estranhamente alegre, e, em particular, a memória de meu falecido irmão havia se tornado viva para mim. Para evitar todos os meus incômodos desnecessários, não mencionei à minha nova família que era meu aniversário. Contudo, parecia que havia em mim um certo desejo infantil de tornar o dia agradável para mim, sem, no entanto, saber como isso poderia acontecer. À noite, quando eu estava sentado em meu círculo de costume, ouvi Maja tocando na sala onde seu pai estava sentado com ela. Foi a primeira vez desde meu retorno para casa que ouvi aquelas doces notas. Procurei imediatamente uma oportunidade para sair da sala onde estava com a dona da casa, Jette e suas amigas, que nesta noite eram excessivamente numerosas e extremamente ocupadas. Sentei-me desapercebido próximo ao piano e me entreguei inteiramente ao saudoso prazer de ver e ouvir, imperturbado, ao leal objeto de todos os meus desejos. Pareceu-me que ela havia ficado pálida e ainda mais bonita do que antes; como se um pequeno traço melancólico que frequentemente pairava ao redor de sua boca fosse ainda mais perceptível. Muitas vezes pensei que quando ela cantava, pronunciava e expressava uma paixão fervorosa, uma riqueza de amor que de outra forma nunca seria notada nela, de modo que minha alegria por suas canções consistia, em parte, na ilusão provida pelas palavras do poeta em seus lábios. Diversas vezes considerei que elas eram direcionadas para mim, acompanhadas por suas belas notas.

Era uma bela noite de verão. O sol se pôs abaixo da janela e lançou seus raios avermelhados sobre a figura que para mim era a mais bela do mundo. Alguns desses raios também incidiram sobre o meu Fido (que sempre estava no mesmo lugar em que o encontrei pela primeira vez) e iluminaram de forma grotesca seus olhos de vidro morto. Os pensamentos mais estranhos surgiram em mim. Eu uma vez comparei minha lealdade a Jette àquele cachorro. Estas palavras me pareceram proféticas. Antes, ele vivia. Agora, estava lá imóvel, em um travesseiro limpo, e olhava para mim como uma imagem da fidelidade que não tinha vida e alma, e à qual eu havia me comprometido insuficientemente. Maja acabara de cantar o romance de Clara no primeiro ato da *Caverna de Ludlam*[14]. Esta música sempre me pareceu o paradigma de um romance. O romântico e o fervorosamente passional nela sempre me tomaram de uma maneira peculiar. As palavras também me impressionaram profundamente naquela noite. Assim, eu havia *retornado com as velas rasgadas* em busca da ilha do amor. Quando a música acabou, eu disse: "Acredito que algo ficou de fora. No romance acredito que se diz: 'Ainda assim, o coração não levantará âncora de sua esperança'". Maja folheou as páginas. "Não diz isso aqui", ela falou: "um verso deve ter sido omitido". "É muito ruim, quem quer que o tenha feito", respondi, "pois é um pensamento muito bonito". Maja não respondeu, mas cantou algumas outras coisas. O Sr. H., no entanto, havia saído da sala. Estávamos a sós. Ela indicou que ia se levantar. Segurei sua mão, agradeci pela música e, extasiado por minha disposição sentimental, repeti involuntariamente, meio baixinho, enquanto pressionava sua mão com meus lábios: "Ainda assim, o coração não levantará âncora de sua esperança". Maja corou e disse, como em um

---

[14] *Ludlams Hule* é uma canção de 1816 composta por Christoph E. F. Weyse com libreto escrito pelo poeta romântico dinamarquês Adam Oehlenschläger. [NT]

chiste: "Ainda assim, o coração deve fazê-lo, pois aqui não há nem âncora nem esperança". Essas palavras mal haviam sido pronunciadas antes que o triste significado que nelas havia se apoderasse de nós dois. Olhamos um para o outro e ficamos em silêncio. Maja permaneceu sentada, deixando sua mão direita correr pelas teclas do piano e inconscientemente repetiu em tons fracos o poslúdio do lindo romance. "Amada Maja!", eu disse com uma voz comovente: "essas foram palavras malfadadas que me foram ditas, e justo no meu aniversário! Sim, é verdade! Hoje é meu aniversário!". "E você escondeu de nós!", ela exclamou. "Não fale disso", eu respondi: "Ninguém deve saber isso exceto você. Veja! Não tenho pai nem mãe, e perdi meu irmão. Todos aqueles que tornaram esse dia querido para mim já se foram. Não estou com humor para falar sobre isso com ninguém. Você o celebrou com suas lindas canções, aproveitei a noite maravilhosamente. Quase desejaria ter celebrado este dia pela última vez". Para minha surpresa, Maja começou a chorar. Ela apoiou o braço direito na ponta do instrumento, escondeu seu rosto com ele e chorou baixinho. Segurei sua mão esquerda, pressionei-a contra o meu peito, meus lábios, meus olhos marejados. Em seu pulso, ela usava uma pulseira com um pingente de ferro representando um cupido. Completamente derretido por suas lágrimas, curvei meus joelhos involuntariamente para ela. "Ó, Maja!", eu disse, "a mais adorável de todas as mulheres!, dê-me esta pulseira de presente no meu aniversário. Ela deve seguir-me na vida e na morte. Dê-me esta imagem do pequeno deus que brincou tão cruelmente com meu pobre coração! Dê-me em memória desta hora inesquecível!". Maja ergueu a cabeça, enxugou as lágrimas, olhou para mim com um olhar gentil e sério e disse: "Não, não esta imagem, você deve se lembrar de sua irmã Maja com um símbolo melhor"; de seu brinco ela removeu uma cruz cravada de rubis e, tomando minha mão, ela colocou a cruz e disse: "Este símbolo é a âncora que o coração não deve levantar", ela então se levantou e saiu da sala. Fui deixado sozinho. Beijei a pequena cruz, coloquei-a em mim e, incapaz de me intrometer no resto da companhia, fui até elas por um momento, me desculpei brevemente e corri para casa, alegremente inebriado, abalado no mais íntimo do meu ser e incapaz de qualquer outro pensamento que não: "Maja me ama! Sou eu que ela ama! Agora venha o que vier! Nada mais pode me deprimir ou me humilhar!

Na manhã seguinte, o Sr. H. me visitou para perguntar com amorosa preocupação por minha saúde, visto que eu havia fingido uma indisposição repentina na noite anterior como a razão de minha partida apressada. "Senti muito a sua falta", ele disse, "quando desci para me juntar às outras, as pobres meninas ficaram sentadas quietas e abandonadas, pois eu estava de muito mau humor. Quanto a isso, normalmente tenho o bom hábito de dissimular, mas ontem à noite não consegui". "Aconteceu alguma coisa com você, querido pai?" (assim eu o chamava já havia algum tempo, mais por devoção sincera e seguindo o exemplo das filhas, do que em vista de nosso relacionamento futuro). "Não", ele respondeu, "nada me aconteceu, minha dor é apenas o medo de que o pior me aconteça. Sim, o pior para mim! De ver minha Maja descendo precocemente junto ao túmulo de sua falecida mãe". Um tremor me atravessou. Ele prosseguiu: "ontem ela estava novamente pálida; ela se parecia tanto com minha adorada esposa em seus últimos dias. Você mesmo deve ter notado que estava mudada. É claro que está sofrendo, que um verme secreto está devorando minha pequena rosa. No inverno passado, quando você estava ausente, você deveria ter visto com que frequências ela buscou a oportunidade de se sentar ao piano no crepúsculo, até que ficasse bem escuro, e quando então amanhecia todos percebiam que ela havia chorado. Não, que Deus abandone Henning F.! Não desejo nenhum mal a ele, mas ele envenenou sua bela juventude". Essas palavras de confusão e dor, que pensei ter entendido melhor do que ele mesmo, tomaram-me a fala em um primeiro momento e, antes que pudesse me recompor, fomos interrompidos.

Quando eu estava sozinho, parecia-me claro o caminho que eu deveria seguir: Maja me amava, o amor por mim era o verme que devorava a rosa a que seu nobre pai estava ligado. Não havia escolha aqui, pensei; toda minha apreensão deveria ser posta de lado em prol dessa única necessidade: salvar a amada. Minha decisão fora tomada. Eu queria fazer do pai dela e de Jette o confidente de meu coração; não poderia desejar um amigo mais nobre, ninguém que me entendesse melhor e capaz de me ajudar. No período da tarde, em que ele passava em seu escritório, fui com esta intenção à sua casa. Bati em sua porta, ela estava fechada. Fui para o corredor, onde, para minha surpresa, encontrei Jette sentada sozinha em um canto. "Mamãe não está; Maja também", ela disse com uma voz em que o choro era perceptível. Olhei para ela, seus olhos estavam marejados. Em resposta à minha indagação, ela pronunciou as seguintes palavras, interrompida por choro pesado e soluços: "Mamãe sempre me disse que você não me amava de verdade; mas eu nunca quis acreditar, já que você é meu amado diante de Deus e de todos os homens, e não posso acreditar em nada mau a seu respeito. Mas ontem à noite eu sonhei tão vividamente, como realmente aconteceu, que papai vinha e me trazia uma carta sua na qual constava... o mesmo conteúdo da carta de Henning para Maja quando ele terminou com ela. Eu chorei a noite toda em meu sono, e se aquele sonho viesse a se tornar realidade, e se você pudesse ser tão duro comigo, então eu pediria a Deus para deixar esta pobre menina morrer, pois eu não me importaria mais em continuar neste mundo cruel". É impossível descrever como me mantive sóbrio diante de tal acusação. Sem dizer uma palavra, peguei a mão de Jette, beijei-a e saí correndo da casa. Caminhei com passos tão rápidos, como se quisesse escapar da nêmesis perseguidora. Não sabia para onde ir e só voltei a mim quando estava longe da cidade. Perambulei até depois da meia-noite, dilacerado por mil dolorosas emoções, entre as quais a mais dolorosa era a amarga insatisfação comigo mesmo. Neste meio tempo, uma circunstância havia ocorrido, e uma nova dor, que eu estava longe de conceber, me esperava.

Na manhã seguinte, o Sr. H. novamente veio me ver. Era como se seu rosto estivesse transfigurado. "Caro amigo", ele disse: "ontem você teve uma participação tão sincera em minhas preocupações; hoje você deve compartilhar minha alegria. Por que você não estava conosco ontem à noite para testemunhar nossa surpresa? Enquanto estávamos sentados com nossos pensamentos silenciosos, a porta se escancarou e um homem entrou correndo; ele correu para mim, quase me sufocando com seus braços, e então se jogou aos pés de Maja com uma torrente de lágrimas e palavras incoerentes. Você teria acertado se adivinhasse que era Henning F. Pense no nosso espanto. Ele não se casou! Houve um desentendimento entre ele e sua noiva em função da religião, porque ela é católica. Maja provavelmente sabia por suas cartas que tal coisa estava acontecendo, mas ela é muito fiel e silenciosa para deixar alguém saber o que ele confiara a ela. Enquanto isso, ela não tinha notícias dele há muito tempo, portanto pensou que tudo estava sedimentado, e nem sequer sonhou com sua vinda". "O que ele quer agora?", perguntei, mal conseguindo pronunciar essas palavras. "O que ele quer? Naturalmente, como todo pecador, ele quer perdão e misericórdia. E isto é verdade! Ele é um pecador arrependido. Seu antigo amor por minha filha parece ter despertado com dupla ferocidade. "E Maja?", eu mal tive coragem de perguntar isso. "Sim, Maja me surpreendeu", ele respondeu, "ela ficou muito feliz por vê-lo novamente, mas, por outro lado, ela não o recebeu com tanto prazer quanto o pai do filho pródigo no Evangelho. E quando Henning, que é impetuoso e sem qualquer dissimulação, imediatamente a exortou a prometer-lhe renovar seu compromisso anterior, ela respondeu seriamente: 'Não é bem assim, Henning! Nós dois aprendemos que tais promessas não são uma piada. Amanhã falaremos sobre isso cara a cara'. Quando ele olhou para ela com tristeza, ela estendeu a mão para ele e disse: 'Venha até mim amanhã cedo, bom Henning!, querido amigo e irmão! Temos muito que conversar. Muita coisa aconteceu desde que nos separamos'. E com isso a conversa tomou outro rumo. Eles começaram a falar de seu abençoado pai e ambos choraram". O Sr. H. pegou seu relógio: "Nesta hora ele está com ela, e pelo diabo se um homem tão lindo e gracioso não soubesse como ganhar uma moça que, afinal de contas, o ama, e que sofreu tanto por sua causa. Mas Deus nos valha! O que você precisa, querido amigo? Você ficou pálido como um cadáver!". Não sei o que respondi. Pelo resto da conversa, sei apenas que em certo ponto prometi ir para jantar e para me apresentar.

Agora ele estava diante de mim, este rival odiado. Como ele era lindo! Que expressão, que poder e bondade! Que coração aberto! Quão caloroso e cordial! Era impossível para mim odiá-lo; meu ciúme talvez ficasse tanto mais forte quanto mais eu percebia seus méritos, mas os sentimentos odiosos e malignos desapareceram graças à recepção que ele me fez, à maneira sincera e direta, e ainda assim fina com que ele tratava a mim e a todos os outros. Nem Maja me deu motivos para ciúme. Havia algo em seu olhar, em seu tom para comigo – não sei como explicar – algo tão doce, inevitável – algo, enfim, que alimentou meus orgulhosos pensamentos da noite passada. Henning, por outro lado, se associou a ela como se ela fosse sua irmã. Ela era menos reservada com ele do que com qualquer outro homem, mas não havia nada de erótico – se assim se pode dizer – em todo seu ser em relação a ele. Eles também se trataram por *você*, e quando Jette comentou que eles não haviam procedido dessa maneira anteriormente Maja respondeu: "Sim, quando éramos crianças nos tratávamos com intimidade. Depois de muitos anos de separação, já adultos, quando éramos vistos juntos, não nos tratávamos mais assim. Mas, depois de nossa última separação, renovamos novamente as boas relações de nossa infância".

Eu não podia negar para mim mesmo que nosso círculo havia se beneficiado consideravelmente com a presença de Henning. Quanto mais o observava, mais me maravilhava com a originalidade de seu caráter, que ao mesmo tempo parecia se distinguir com um elevado senso de honra, uma certa retidão e uma certa frivolidade, uma coragem viril e uma suavidade quase feminina. Sua beleza e seus modos o tornavam um favorito do belo sexo, e parecia que era impossível para ele resistir a qualquer tentação que viesse daquele canto. A atenção e a cortesia que ele demonstrou para com a Sra. H. e para com Jette as inclinou totalmente em seu favor, de modo que Jette exclamava diariamente as palavras: "Meu Deus! Henning é tão doce!". Em nosso círculo diário, ele não se embaraçava com sua cortesia para com Maja; não, ele até se apoderou de nossas relações a fim de atingir seu objetivo, enquanto Maja se desviava constantemente de conversas dessa natureza.

Uma noite, quando estávamos todos sentados à mesa, Henning disse: "Durante todo aquele ano, quando estava montando guarda junto ao muro de um convento...". Quando então Jette pontuou que ele nunca nos dissera as corretas concatenações que levaram ao término de seu noivado, ele respondeu descontraído: "É fácil de se contar. Minha Beatrice e eu estávamos realmente noivos, e nosso casamento havia sido marcado. Nós nos amávamos com ímpeto e nenhum de nós pensava que houvesse algo que pudesse nos separar quando já tínhamos o consentimento de seus pais e tivemos a generosidade de Maja em obter o consentimento de meu pai. O pai dela era francês, ele não se importava que eu fosse protestante. Seus negócios logo o levariam para Paris, onde eu me casaria com Beatrice. Mas sua mãe estava ausente, ela era romana, e quando voltou de sua cidade para Florença, onde estávamos, e ela soube que eu era o que ela chamava de um herege, ela perturbou céu e terra, e, com a ajuda de seu padre confessor, ela tornou o inferno tão quente para sua filha que, quando não havia mais esperança de me converter, ela foi embora secretamente com a mãe; e quando seu pai e eu viajamos atrás delas, encontramos minha pobre Beatrice como noviça em um convento não muito longe de Roma. Eu estava feito um louco. Durante um ano inteiro, passei a maior parte das noites junto ao muro deste convento, sem outro consolo senão ouvir as exortações divinas de um monge. Com dinheiro e promessas, consegui fazer com que esse irmão, que entrava e saía do convento, levasse algumas palavras minhas para as mãos de Beatrice. Não obtive a menor resposta até que, depois de um longo ano, ela me enviou uma pequena carta através desse monge, na qual ela me informava que ela assumiria o véu no dia seguinte. Ela me enviou um lacrimejante adeus e – imagine minha dor, querida Maja! – ela escreveu que, ao dedicar sua vida ao céu, ela expiaria meus pecados e se esforçaria para ganhar em meu favor a salvação na qual, ela esperava, nos encontraríamos. Imagine só! Pelos *meus* pecados, toda a sua vida confinada à penitência e ao arrependimento! A linda moça que nem mesmo tinha pecados para expiar!". Com essas palavras, as lágrimas rolaram por seu rosto. Maja pegou sua mão e olhou em seus olhos. "Você vê, meu caro Henning! Sua Beatrice, é a ela que você ainda ama, não a *mim*, e você está correto quanto a isso". "Não, minha Maja!", Henning disse sorrindo: "Ninguém é para mim o que você é, você que, quando criança, assumiu a culpa por meus pecados, como adulta vendeu secretamente as suas joias para pagar minha dívida quando fiz um papel de Faraó, e não ousou contar ao meu pai. Você me perdoou – e por esta caridade só Deus poderá lhe pagar –, você me perdoou por tê-la abandonado, você me reconciliou com meu pai. O que teria acontecido comigo se ele e seguiu conosco. A noite toda não consegui desviar meus olhos desta nova visão. Pensei na declaração de Anton: "Veja você mesmo! Nenhuma palavra expressa o que ela é!". Pois aquilo que constituía sua beleza, aquilo que nenhuma palavra poderia pronunciar era uma expressão peculiar em sua fisionomia e em todo o seu ser: algo tão comovente, que ao mesmo tempo expressava entendimento e piedade, profunda seriedade e gentileza. Ela certamente não era uma beleza regular, mas nada mais fino ou mais elegante poderia ser encontrado, nada mais parecido com uma flor recém-brotada. Seus olhos azuis-celestes não eram grandes, nem bonitos à primeira vista. Mas se alguém encontrasse esses olhos, era como se visse um vislumbre de uma natureza superior. A boca particularmente pequena era muito bonita, rodeada dos traços mais adoráveis, e apresentava duas amáveis fileiras de pérolas. Sua testa nobre como a neve era destacada pelo cabelo castanho-claro de brilho intenso; e nunca vi tão belas cores, tais lírios e rosas claras que floresciam em seu rosto e pescoço, e que brilhavam em seus altos, lindos e abobadados seios. Se o Sul produz as cores mais gloriosas das flores que brotam no campo, então o Norte tem a vantagem de conferir às suas filhas uma beleza florida, com a qual as belezas do Sul apenas ra-

ramente brilham. E, em resumo, senti que havia me perdido completamente ao ver e ouvir aquela moça, e fui para casa em um entorpecimento feliz, relutantemente dando conta a mim mesmo da natureza verdadeira de tal entorpecimento.

A partir de então, a casa do Sr. H gradualmente assumiu uma aparência bastante alterada. Uma calma, ordem e organização até então desconhecida, uma economia arrazoada igualmente longe do desperdício e da mesquinhez se difundiu e afastou os extremos opostos. A dona da casa, Jette e suas amigas seguiram com seus antigos modos imperturbáveis na antiga sala de estar; às vezes, até mesmo Maja participava avidamente de suas atividades, e então o trabalho e a conversa assumiam uma vida diferente e nova; mas em certas horas as pessoas se reuniam no salão, para o qual Maja, a pedido de seu pai, mudara o seu piano, e sobre ele estava pendurado o retrato do tão falado tio – um rosto glorioso e viril! –. O Senhor H. agora sempre passava a noite em casa e às vezes trazia algum conhecido com ele, o que nunca fizera antes. Mãe, filhas e amigas finalmente se reuniram, e nenhuma dissonância soou tão cortante quanto antes. O que mais me agradou, porém, foi a forma com que todas essas mudanças foram implementadas. Ninguém deve pensar que a madrasta de Maja perdeu sua reputação na casa. Pelo contrário! Maja sempre se dirigia a ela com uma gentil reverência de filha; parecia a todos que ela estava apenas cumprindo as ordens da mãe, e ela parecia muito satisfeita com isso.

A pedido do Sr. H, Maja tinha de tocar e cantar para ele todas as noites. Que voz! Que música! Que forma de tocar! Ela nunca cantou nada além de baladas e pequenas canções, às quais ela acompanhava no piano. Na poesia francesa mais antiga, muitas vezes encontramos o ditado: *"marier sa voix au son de la lyre"*[11]. Só agora o significado disso estava claro para mim, uma vez que Maja entendeu como adaptar o instrumento ao seu cantar de tal maneira que soava como se a mais sincera união os ligasse. O mesmo poderia ser aplicado à forma e à melodia, quando, de outra maneira, o poeta e o compositor haviam de alguma forma cumprido seus deveres. Jette tocou peças muito mais difíceis e tinha muito mais habilidade que Maja. Mas esta tocava e cantava a partir das páginas de baladas que lhe eram apresentadas, enquanto Jette ensaiava suas sonatas por longos meses, daí decorrendo que as canções de Maja sempre tinham o interesse da novidade, enquanto as sonatas e árias de Jette estavam desgastadas e eram

---

[11] Em francês, no original: "casar a voz ao som da lira". [NT]

odiadas antes mesmo de serem propriamente ouvidas. Tudo isso Maja sabia como suavizar, e sempre enfatizava o talento da irmã, não como algo que ela considerava como seu dever, mas como algo que parecia lhe dar verdadeiro prazer. Em todas as coisas ela era natural e verdadeira, e sempre soube fazer a coisa certa:

> *Mit festem Schritte wandelt sie*
> *Die schmale Mittelbahn des Schicklichen,*
> *Unwissend, daß sie Anbetung erzwungen,*
> *Wo sie vom eignen Beyfall nie geträumt,*[12]
>
> Schiller, *Don Carlos*, Ato 2, Cena 15.

Eu não era um jovem inexperiente, meus sentimentos por essa moça eram bem conhecidos por mim, mas o que eu desconhecia era o terrível poder da paixão. Eu nunca havia conhecido uma mulher que correspondesse ao meu ideal de amabilidade feminina, e não acreditava que tal coisa fosse possível no mundo. Eu não sabia o que significava dizer: "amar em espírito e em verdade"[13]. Sempre senti um prazer

---

[12] Em alemão, no original: "Com passos firmes ela caminha/ Pela estreita via da retidão,/ Inconsciente da adoração que compele,/ Onde ela com aprovação nunca sonhou". [NT]

[13] Referência à passagem bíblica João, 4:24. [NT]

secreto por aqueles que não tinham o poder viril de resistir à loucura das paixões. Nem me ocorreu que isso chegaria a acontecer comigo. Nisto fui fortalecido pela estranha contradição em meu próprio interior de que às vezes era um consolo para mim culpar Maja em meus pensamentos, e que muitas vezes pensava na declaração que Jette fizera sobre ela, que ela era *rígida e distinta, que ninguém poderia decifrá-la*. Quão injusto parecia, pois era certo que ninguém poderia ser mais direto, irrestrito e mais longe dos caprichos nobres, mas ainda assim essa declaração não era sem razão, pois por mais que Maja tenha se aproximado de todos com a maior liberdade e com o coração aberto, e nunca tenha ocultado sua opinião, ainda havia, contudo, algo tão contido em todo o seu ser, ela guardava um silêncio tão firme sobre suas relações mais próximas e sobre os assuntos de seu coração, que era realmente impossível decifrá-la. Uma coisa que muito me preocupava era saber se ela amara ou se ainda amava seu antigo noivo, se ela lamentava sua perda. Certa vez, pensei que estava perto de encontrar a chave para esse enigma, pois um dia testemunhei uma conversa sobre ele. Seus pais a culpavam por ainda se corresponder com um homem que havia a insultado daquela maneira. "Insultou-me!", exclamou: "não, ele me honrou!

Ele não me enganaria; nem receberia de mim a fidelidade que não poderia retribuir. Portanto, vou honrá-lo e agradecê-lo enquanto eu viver". "Não", gritou Jette", "se você o amasse como eu amo o *meu* adorado (e no momento seguinte ela me beijou), não teria sido capaz de deixá-lo ir tão facilmente". Maja baixou os olhos e finalmente respondeu de forma confusa: "É verdade, quanto mais eu o amava, mais eu tinha que temer torná-lo infeliz". A dona da casa tomou a palavra e disse: "Por que você o tornaria infeliz? Ele estava publicamente comprometido contigo, você deveria tê-lo feito cumprir sua palavra para com você, ter cumprido seus deveres com ele, procurado reconquistar seu coração, e ele provavelmente se tornaria um bom marido, sem maiores dificuldades". "Reconquistar seu coração! Cumprir com meus deveres! Oh Deus! Tudo isso me parece impossível em tais circunstâncias. Nós devemos prometer compartilhar o mal e o bem. O que isso significa? Escolhas boas e más? Afinal, marido e esposa devem compartilhá-las. Mas e o mal e o bem em um sentido mais elevado: horas melancólicas, alegrias e desejos pequenos e insignificantes; ser tolerantes com as fraquezas um do outro, fundidos na mesma crença em tudo o que é bom e belo; só isso, me parece, é casamento; e ele pode existir sem amor?". Repentinamente, ela começou a chorar, beijou a mão da dona da casa e disse com uma voz doce e suave: "Perdoe-me por falar tão violentamente; não posso suportar meus entes queridos falando sem amor sobre Henning F., e não o compreendendo". Ela o ama, eu disse a mim mesmo, e senti todo o sangue subir em minhas bochechas com esse pensamento. O Sr. H. sentou-se com Maja, curvou-se para ela e disse: "Não consigo pensar neste homem sem amargura. Veja, Maja! Ainda não sou velho, mas você vê esses cabelos grisalhos ameaçando sobrepujar os castanhos? Por estes, eu agradeço a ele". Com uma graça indescritível, Maja envolveu os braços em volta do pescoço do pai, molhou os cabelos grisalhos com suas lágrimas e disse: "Ó Pai! Por minha causa?". "Não, minha filha! Não é culpa sua! Você agiu muito bem". "Não, querido pai! Não, não tive escolha". "Ele o afligiu, minha menina! Seja sincera!". Maja sorriu: "Sim, eu não quero mentir. No começo me afligiu, mas para minha vergonha devo confessar que logo percebi o quanto minha vaidade ferida tinha uma parte em minha dor. Foi apenas por um momento; e, acredite em mim, agora sinto que tudo isso foi para o meu melhor e agradeço a Deus por isso". Ela não o ama, então pensei. Quando ela saiu da sala, seu pai disse tristemente: "Como ela o defende, pobre criança! Eu sei muito bem, ela ainda o ama!" – e voltei para casa com pensamentos profundos, não mais sábio do que na vinda, e essa conversa foi um assunto que variei incessantemente em minha mente por muitos dias.

A partir desta cena pode-se ver com que intimidade eu era tratado na casa do meu futuro sogro. Maja também me tratou com excelente atenção, mas também com a sua contenção típica que, com todo o meu rancor, tenho de admitir, a tornava ainda mais cortês. Uma circunstância que não posso chamar de inesperada logo me mostrou o poder dos grilhões aos quais me enredei.

Não havia esquecido minha promessa a Anton B., mas sempre encontrei mil desculpas para retardar sua execução, dentre as quais a grande dificuldade de ter uma conversa privada com Maja. Eu, no entanto, o mencionei várias vezes, e ela demonstrou muito interesse por ele e expressou que se lembrava com gratidão da simpatia e ajuda que ele demonstrara durante a doença de seu tio, e em sua morte. Certa vez, quando soube que Jette e sua mãe tomariam parte em um passeio pelo bosque no dia seguinte, mas que Maja ficaria em casa, para ficar com seu pai, que, como eu, havia se desculpado por ter negócios com que lidar, pensei que então tinha a melhor oportunidade para realizar a tarefa que me fora atribuída. A confusão em que me coloquei com o simples pensamento de que minha missão pudesse ter sucesso era tão terrível que nenhum ministro, cuja vida e bem-estar estão em jogo, poderia tremer mais por falhar para com aquele que nele confiou. Quanto mais eu pensava nisso, mais razoável parecia que o amor intenso de Anton poderia tocá-la, e até parecia bastante provável que ela já o amasse. Considerei antinatural e injusto exigir de mim mesmo trabalhar naquilo que me levaria ao desespero. Então pela primeira vez senti o quão longe aquilo havia me levado. Percebi toda a infelicidade em minha relação com aquelas duas irmãs. Ultimamente, minha posição havia se tornado puramente intolerável para mim. A graça que iluminara todas as palavras e ações de Maja eram tão incongruentes com a indelicadeza e falta de gosto que demarcavam as de Jette que o pensamento de que eu deveria, pelo resto de minha vida, testemunhar aquelas palavras e ações, e em partes ser o objeto delas, era para mim o que havia de mais repugnante. Eu precisava de toda minha compostura quando ela, como infelizmente acontecia com frequência, queria que eu ficasse quase por horas segurando a sua mão; sim, mesmo quando ela se sentou em meu colo sem nenhuma circunstância e colocou seus braços em volta do meu pescoço. Essas carícias diante dos olhos de terceiros sempre me pareceram inadequadas. Acima de qualquer descrição, elas foram dolorosas para mim sob essas circunstâncias e na presença de Maja. Estas carícias também pareciam excessivamente imodestas e vergonhosas e por isso eu sempre buscava sair da sala. O tolo papel que desempenhei em tais momentos me levou ao desespero e quando, com tal humor, me retirei de forma hostil, Jette olhou para mim com um par de olhos nos quais brilhavam tanto espanto e tristeza por minha conduta que eu tive que sentir a maior pena por esta pobre moça, a quem a natureza e a criação negaram a graça que, dentre todas as coisas, mais me agradavam, e cujo maior infortúnio foi ter caído em minhas mãos. Não havia mais desculpa para prosseguir com nosso compromisso. Sem realmente solicitar ou obter o meu consentimento, nosso casamento foi marcado para o início do próximo inverno. Todos os dias via as damas trabalhando em seus odiosos instrumentos, com o qual sempre me atormentavam. Muitas vezes até tive que ver Maja participando desses preparativos. Ninguém que não se encontre em um estado semelhante pode imaginar meu constrangimento e minha perplexidade. Todas essas aflições se apresentaram vivas para mim e depois de uma noite inteira lutando uma terrível batalha comigo mesmo eu apenas encontrei descanso no pensamento de que iria novamente embora e em algum momento me livraria de tudo que me cercava. Uma oportunidade para tanto estava, neste instante, precisamente à mão. Eu faria o possível para aproveitá-la e, como estava muito feliz por ser favorecido por meus superiores, esperava realizar meu desejo. Decidi então, conscienciosamente, cumprir minha missão para com meu amigo e depois me retirar o mais rápido possível, deixando o futuro ameaçador para as estrelas reinantes.

Quando visitei Maja no dia seguinte, ela estava sentada sozinha com seu trabalho. O inconfundível prazer que ela demonstrou ao me ver quase arruinou todas as minhas boas intenções. Com muito constrangimento, com o coração palpitante, como se falasse por mim mesmo, finalmente apresentei meu caso. Maja, que ansiosamente fixou seus olhos em mim, abaixou-os ao chão quando finalmente entendeu o conteúdo do meu discurso, e corou tanto que não só seu rosto estava coberto com uma coloração vermelha, mas também o lindo pescoço; sim, seus seios e braços, que estavam cobertos pelo vestido branco claro, brilhavam como uma noite rubra através do tecido fino. Eu podia ouvir meu coração batendo. Depois de um momento de silêncio ela respondeu seriamente: "Isso me dói muito! Nunca sonhei em ser amada pelo Sr. B. e não posso amá-lo". Peguei sua carta e entreguei a ela; ela não fez nenhum movimento para recebê-la. "Você não irá ao menos ler sua carta, que ele escreveu a você com todo o seu coração?; estas certamente foram suas palavras". Ela fez um movimento como se fosse estender a mão, mas repentinamente, contemplando, disse: "Não! Não consigo ler esta carta. Ele escreveu, como você diz, com todo o seu coração; provavelmente não o teria feito se conhecesse completamente meus sentimentos. Não, ele não deve abrir seu coração para alguém que não pode receber as palavras com a mesma disposição com que foram escritas. Peço-lhe, diga isso a ele, e diga-lhe que nesta minha recusa em receber sua carta deve haver uma prova de minha estima e de minha amizade". A delicadeza que havia nestas palavras, a adorável dignidade com que foram proferidas, a alegria que senti ao saber que ela não amava Anton, tudo isso me fascinou tanto que quase me joguei aos seus pés, quando, felizmente, seu pai retornou para casa naquele mesmo momento. Maja estava exasperada, como eu nunca a havia visto antes. O Sr. H. pediu a ela, de acordo com o costume, que cantasse e tocasse. Ela se desculpou e me entregou um livro, pedindo-me para ler para ela e para seu pai. Ela não tirou os olhos do trabalho e falou muito pouco pelo resto da noite. No dia seguinte, essas nuvens haviam desaparecido de seu claro céu, mas por muito tempo pareceu-me que ela sempre me evitava. Doeu-me, e não pude deixar de redobrar minha atenção para ela, a tal ponto que sua madrasta parecia suspeitar de mim, fazendo-me sentir isso com muita amargura. Jette, por outro lado, estava despreocupada; não ocorreu a ela que o noivo com quem estava publicamente comprometida pudesse ter qualquer outro sentimento ou vontade do que aquelas que lhe apeteciam – uma opinião que era duplamente extraordinária em uma família onde um exemplo do contrário era ainda novo e fresco. "Eu sei que", ela costumava dizer, "meu amado e eu, por Deus, nos amamos completamente".

O pobre Anton, a quem tive de enviar a rejeição por correio, respondeu imediatamente e, contra minha expectativa, com considerável calma. "Como eu poderia esperar", ele escreveu, "que um anjo assim fosse capaz de *me* amar? Nunca ousei realmente ter esperança. Só queria que ela amparasse meu amor, e que me permitisse viver para trabalhar para felicidade dela. Vou suportar cada sacrifício, vou honrá-la e considerá-la como uma irmã; ela só me daria sua mão, levaria meu nome, me faria feliz em sua presença e me permitiria ter esperança de conquistar sua afeição com o tempo. Não posso abandonar essa esperança. Não tenho outro pensamento. A única coisa que poderia acabar com essa esperança seria a certeza de que ela ama outra pessoa. Às vezes me ocorre que se eu soubesse isso toda esperança se esvairia, e então eu teria paz".

Quando Anton quis que eu contasse a Maja essas suas declarações, eu o fiz – a amizade que me perdoe! – com um coração muito mais leve que da última vez, mas por vários dias busquei em vão falar a sós com ela. Por fim, encontrei um momento em que lhe entreguei esta carta e, em poucas palavras, pedi-lhe que a lesse. Já na noite seguinte, ela a devolveu para mim intocada, conjuntamente com uma pequena carta selada de sua parte, endereçada à Anton. Não posso descrever a estranha impressão que isso me causou. Uma carta de Maja! Em minhas mãos! Eu olhei para a bela caligrafia, o pequeno selo vermelho. Parecia que eu invejava Anton por seu nome ter sido escrito por sua mão, por ela dirigir suas palavras doces a ele. Tive de me superar para abrir mão desta carta e levá-la, conjuntamente com algumas palavras minhas, para o correio. Nunca me ocorreu que a veria novamente em alguns dias. A próxima remessa do correio trouxe-me uma resposta de Anton que começava com estas palavras: "Leia a carta anexada...". Reconheci imediatamente a caligrafia de Maja e não precisei que me pedisse duas vezes. Agarrei-a ansiosamente e li o seguinte:

"Seu amigo me informou de sua última carta para ele, e eu a li com grande gratidão por sua gentileza, com espanto com seus sentimentos por uma moça tão insignificante e com dor por não ser capaz de retribuir a devoção que você me expressa. A fim de tranquilizá-lo, gostaria de fazer qualquer sacrifício admissível, então logo lhe darei uma prova fazendo-lhe uma confissão que realmente me custa muito esforço. Você diz que, se tivesse certeza de que eu amo outra pessoa, então pensa que poderia ter paz. Veja só! Eu realmente amo outro homem, mas as circunstâncias desse amor são tais que nunca poderá se tornar outra coisa senão o que é: um sentimento tranquilo que vive apenas em meu próprio coração e não tem a menor influência sobre nenhum outro ser. Mas já que me decidi nunca me casar com um homem que não amo, daí se segue que você nunca me verá nos braços de outra pessoa, e eu lhe asseguro que o amor com o qual você me honrou é em todos os aspectos muito menos infeliz do que este que confio a você. Já aprendi tanto na escola da adversidade que sei como alguém pode tornar seu fardo suportável e, portanto, espero que também isso não vá arruinar minha vida. Ao dizer isso, é um grande consolo para mim pensar que o que é possível para uma pobre moça deve ser fácil para um homem como você".

Minha primeira sensação ao ler estas linhas foi um ciúme furioso do feliz desconhecido cuja imagem vivia no coração quieto de Maja, de modo que eu, como um louco, rolei para cima e para baixo no chão, deixando-me ao tormento do inferno que consumiu meu coração. Por fim, peguei a carta de Anton, a qual ainda não havia lido. Ele amaldiçoou seu amor, todas as suas amadas, e especialmente seu rival, sobre o qual disse: "a Terra é muito pequena para acomodar a ele e ao seu pior inimigo". Sua fúria enregelou meu sangue. Tive vergonha da minha própria ferocidade ao ver a dele. Na dor do primeiro momento, ele havia escrito esta carta com seu zelo habitual e, o que era pior, sem mais delongas me enviou a de Maja, cujo conteúdo ele não tinha o direito de confiar a ninguém. Quase tive de rir do grande autoengano que o levou a buscar a paz em uma revelação que o conduziu ao desvario. Li a carta de Maja novamente. Aquelas palavras simples tão bem representavam aquela graciosa moça. Que tivesse morrido sem me perdoar? Suas últimas palavras quando parti foram: se devo morrer enquanto você estiver longe, então viva para fazer minha Maja feliz! Para ser sincero, eu estou suficientemente assustado – (e aqui ele se aproximou de Maja secretamente): O velho Bergstrøm me escreveu contando que muitas vezes ele ouve alguém vagando de um quarto para o outro à noite, animadamente, como o andar do pai e com suas botas rangentes, e, em sonhos, muitas vezes me parece que...". O Sr. H. o interrompeu com uma risada: "Bem! Aí temos a superstição sueca!". Jette mudou a conversa, perguntando a Henning por que ele, para salvar a sua amada, não havia se convertido a fé católica. "Abjurar a fé de meu país!", ele gritou, espantado: "e se eu acabasse sendo tão pouco viril, como poderia então estar bem em meu regimento, junto aos meus camaradas?".

Vivemos por muito tempo em tal relacionamento confidencial, e ainda assim tão tenso. Mais de cem vezes tive a intenção de abrir meu coração para o pai de Maja, mas um olhar para Jette, um olhar, assim me parecia, muito amoroso de Maja para Henning, com sua vantagem de jovem, tudo isso me jogou em minha antiga perplexidade e inação, pela qual muitas vezes me desesperei e me desprezei.

Em meio a tudo isso, fui surpreendido pela vinda de Anton B.. Ele estava fora de si. "Não", gritou em nossa primeira conversa, "deixe Maja escolher quem ela quiser, mas não esse menino desenxabido que uma vez jogou fora um tesouro desses; e ele o fará novamente em cada oportunidade. Não, essa pequena santa não deve cair nas mãos de um libertino impuro. É por isso que vim. Isso não acontecerá antes que me fechem os olhos". Ele continuou dessa maneira, mas, depois de ter descarregado sua raiva em mim por ter me recusado a introduzi-lo na casa do Sr H. enquanto não estivesse sendo sensato, ele se acalmou gradualmente e concordamos que eu o levaria lá no dia seguinte. Fiquei, portanto, extremamente surpreso quando entrei na sala da Sra. H. e a primeira coisa que vi foi Anton B., que estava sentado com Maja junto à mesa de chá, quase dando as costas para Henning, que estava ao seu lado, parecendo febril. Ele não conseguiu esperar o dia seguinte, tendo se apresentado como um velho conhecido de Maja e de seu tio.

Bons exemplos são celebrados em todas as ocasiões. Acredito que os maus exemplos são ainda mais eficazes para o aperfeiçoamento do vizinho. A cruel ferocidade da qual Anton era culpado foi minha melhor advertência quando meu ciúme às vezes me tornava injusto e me punha de mau humor. Anton, que tinha o espírito para perceber as vantagens de sua amada, coração o suficiente para amá-la, não tinha autocontrole, não tinha boas maneiras o suficiente para não travar relações com um rival tão perigoso quanto Henning; e este, que era jovem e impetuoso, não tinha, de sua parte, a menor pena daquele amante infeliz, pois Anton assim havia se revelado contra sua própria vontade. Foi realmente ridículo ver a maneira com que se cumprimentaram quando se encontraram, as expressões e as maneiras como abriam caminho quando um dos dois ficava no caminho do outro. Em todas essas coisas, Henning tinha o melhor jogo, pois sua beleza e dignidade o ajudavam; enquanto, por outro lado, o pobre Anton fazia um papel ridículo com sua raiva feroz, que constantemente ameaçava explodir. Uma moralização infeliz o atacou como uma doença convulsiva, um escárnio constante com relação às ligações frívolas, superficiais e coisas do tipo. Henning, por sua vez, aproveitou a oportunidade para maldizer os ursos domesticados, os intrusos, aqueles que, sem serem convidados, interferem nos assuntos dos outros, e assim por diante. Maja se distanciou de tal cena; Jette, por outro lado, parecia encontrar um regozijo sincero e uma alegria ao contemplar a superioridade social de

Henning tanto para o bem quanto para o mal. Os dois adversários estavam em um mútuo aborrecimento, quase como um fogo latente que só precisa de um leve suspiro para se acender.

Numa noite, quando pensava que as mulheres já teriam se retirado, eu quis ir me juntar ao Sr. H. para fazer-lhe companhia. Os empregados disseram que a Srta. Maja estava em casa com o Sr. H., e que os outros cavalheiros também estavam lá. Muito antes de chegar perto da porta, ouvi um grande alarde lá dentro e quando entrei vi Maja tremendo e seu pai, também bastante apavorado, em vão se esforçando para fazer as pazes entre Henning e Anton, que como duas fúrias se encaravam. Eles pareciam estar no meio de uma discussão acalorada. "Ninguém tem menos direitos de estar aqui do que você, meu senhor!", Anton gritou, "você que de modo infiel e cruel abandonou e ofendeu este anjo". "E ainda assim, meu senhor", gritou Henning, "ainda estou pleno de vida e de sangue para defendê-la contra sua intrusão, e para defender meu direito para com ela até minha última gota de sangue". "Essas palavras são bem-vindas", exclamou Anton, "você é um militar e eu também demonstrei que posso carregar uma arma. Escolha as armas, a hora e o local. Estou pronto". "Estou a postos", disse

Henning: "a hora é agora, você pode decidir o lugar. Trazemos nossos servos conosco; outras testemunhas não são necessárias. As pistolas deverão decidir qual de nós dois não verá a manhã seguinte". Maja se levantou, envolveu Henning com os dois braços e disse com a voz trêmula: "Henning, este é o seu amor? Este é o seu agradecimento por minha fidelidade de irmã?". A raiva dele pareceu se esmorecer naquele momento, ele a conduziu até sua cadeira, já que ela não parecia conseguir ficar em pé; ele caiu de joelhos diante dela e disse: "Doce Maja! Diga uma palavra! Diga que você me perdoa! Que você será minha! E que tudo deve ser esquecido. E então eu estenderei minha mão para este senhor". "Eu também, minha senhorita!", disse Anton, "eu também darei minha mão em reconciliação se você declarar que seu amante infiel está mais próximo de sua mão e coração do que o homem que por muitos anos nunca teve outro pensamento além de você, que nunca se esquecerá de você, e cujo primeiro e último amor é você". Maja escondeu o rosto entre as mãos. Seu pai a tomou em seus braços, levantou-a da cadeira e a apertou contra seu peito; sua cabeça afundou em seus ombros. "Minha Maja!", ele disse, "minha querida! Toda a minha alegria na vida! Ouça a voz do seu pobre pai. Você consegue ver esses dois bravos homens se matando por sua causa? Você quer entregar a si mesma e aos seus parentes ao julgamento do mundo? Dê a um deles sua mão. Se algo vai contra Henning por ele ter sido inconstante, então deixe-me interceder por seu jovem amigo que o ama! Veja!", ele acrescentou, apontando para a pintura acima do piano: "seu pai olha para você e reza por ele". Com um rosto de mártir, com um olhar que certamente poderia se chamar de moribundo, Maja ergueu os olhos para a imagem do tio, virou o rosto com indescritível tristeza para o pai e fez um movimento, como se fosse estender a mão para Henning. Agora eu não conseguia mais suportar. Eu me coloquei entre eles, arranquei Maja dos braços do pai, agarrei-a nos meus e gritei com uma força que surpreendeu a todos: "Não, nunca! Esta mão nunca será dada à força! Para trás, seu insano! Eu também tenho um braço para defender esta moça, e um coração inclinado a ela". Maja se apoiou em mim, ela me olhou com uma expressão que nenhuma palavra poderia descrever; e, como se todo o mundo tivesse desaparecido diante de nós, nos abraçamos e nossas almas se fundiram em um único e feliz beijo. Maja se soltou de meus braços e saiu correndo da sala. O resto de nós ficou em silêncio, olhando um para o outro. Confuso, peguei meu chapéu e saí. Os outros ficaram como estátuas. Quando saí na rua percebi que Anton havia me seguido. Caminhamos lado a lado, sem dizer uma palavra. Apenas quando estávamos diante da minha porta ele disse com um choro engasgado: "Acredito que posso ver como tudo se encaixa. Não posso me queixar de você. Você serviu ao meu amor, negando a si mesmo... Adeus, pobre coitado! Retornarei para minha casa esta noite; logo você terá notícias minhas". Com essas palavras, ele apertou minha mão e se afastou com passos rápidos.

Eu queria ir até Maja para revelar meu coração com palavras claras e simples; ela deveria pronunciar o julgamento. Com esses pensamentos, corri até Maja na manhã seguinte, nas horas em que ela costumava ficar sozinha e, contra o costume, subi direto para os seus aposentos. Uma empregada veio até mim com passos suaves e sussurrou que a Srta. Maja estivera doente na noite anterior e ainda dormia, já que o dono da casa proibiu acordá-la; a dona da casa e a Srta. Jette também não haviam acordado ainda. Saí de lá apressado e, incapaz de qualquer trabalho, vaguei pela longa manhã. Quando cheguei em casa, em meus aposentos, disseram-me que o Sr. H. estivera ali e que perguntara por mim e, além disso, também estivera ali um jovem cavalheiro que, pela descrição, concluí que não poderia ser outro senão Henning. Voltei para a casa do Sr. H. Disseram-me que a dona da casa e a Srta. Jette não receberiam ninguém; estavam lá em cima com a Srta. Maja, que desmaiara e estava muito doente.

Deixei a casa na maior inquietação. A alguns passos de distância, Henning veio correndo atrás de mim sem fôlego, agarrou-me pelo braço e disse: "Permita-me andar contigo até em casa, tenho algumas palavras importantes para lhe falar". "Com prazer, meu caro!", eu respondi apressadamente, esperando um desafio. Assim que adentramos pela minha porta, Henning jogou longe o chapéu e disse, jogando-se em meu pescoço e me beijando e exclamando com alegria: "Agora, querido irmão! Agora se alegre (devo tratá-lo com intimidade, pois agora somos irmãos), está tudo bem! Você está livre; eu estou noivo de Jette". Olhei para ele com o maior espanto. Ele prosseguiu: "Quão cego eu estive! Sim, eu estava me tornando o protótipo de um marido! Quando repentinamente meus olhos se abriram na noite passada, eu imediatamente cheguei a uma decisão. Confidenciei ao meu tio, Sr. H., e ele não pediu por nada mais. Ele me abraçou e disse: 'Agora eu reconheço em você o filho de seu nobre pai'. Esta manhã fui até minha tia e até Jette. Simplesmente relatei o incidente da noite passada e, não sei, explanei minhas palavras tão bem que Jette e eu decidimos nos consolar, e ela – com grande alegria, me pareceu – me abraçou como seu noivo. Veja aqui! Seu pai deveria lhe entregar essa carta – mas Maja desmaiou quando eu cheguei correndo afoitamente com a notícia e como seu pai estava relutante em deixá-la, tomei a carta para entregá-la no seu lugar. Quanto ao restante, peço-lhe mil perdões por trazer uma carta de rejeição. Espero que a receba e aceite com graça".

Com isso, ele me entregou uma carta de Jette, na qual ela encerrava nossa relação, desejando-me boa sorte. Minha surpresa e alegria foram tão grandes que mal consegui segurar a carta e tive de me sentar. "Então, agora ele desmaia também!", gritou Henning. Neste exato momento, o Sr H. entrou. Ele me abraçou com fervor. "Meu pai", eu disse, "é possível? Você realmente vai me conceder sua Maja? E você, Henning! Amigo! Benfeitor! Como devo agradecê-lo? Mas você, com sua nobreza, não tornou a si mesmo e a Jette infelizes?". "Infelizes?", ele exclamou: "então devo ser um sujeito miserável se sou infeliz por me casar com uma moça tão linda e boa; e Jette deveria estar infeliz? Não, ela deve estar muito feliz. Devo carregar minha pequena esposa em minhas mãos. E Maja! Minha irmã angelical! Eu poderia fazer menos por ela? 'Viva para fazer minha Maja feliz!', essas foram as últimas palavras de meu pai". "Venham, meus queridos filhos", disse o Sr. H., "elas estão nos esperando em casa".

Quando entramos no cômodo que tantas vezes nos reunira, o Sr. H. foi na frente e depois voltou com as duas filhas, uma em cada mão. Maja estava pálida e usava um vestido branco, Jette estava corada e usava um vestido vermelho. "Aqui", disse ele, "eu trago a rosa vermelha e a rosa branca. Elas não devem mais provocar brigas entre seus cavaleiros".

POSFÁCIO

Nem tão romântica, nem tão realista

Lucas Lazzaretti

Poucas obras literárias conseguem entregar precisamente aquilo que seus títulos haviam prometido. O engano, por vezes, é parte do próprio recurso literário. Em outros casos, o título é apenas mais um elemento externo à obra em si, algo que se encontra na soleira, mas que nunca chega a adentrar completamente naquele universo ficcional. A novela *Uma História Cotidiana* realiza esse feito, pois o que está ali presente é uma história de cada [*hver*] dia [*dag*], uma história que, portanto, é cotidiana em todo seu sentido.

Publicada em 1828 de forma anônima, essa novela serviu como uma espécie de pseudônimo para aquela autora que, a partir dessa publicação, passou a assinar seus próximos escritos com a alcunha *Forfatteren Til En Hverdags-Historie*, valendo-se da ausência de marcação de gênero em dinamarquês para não evidenciar se se tratava de um "autor" ou de uma "autora" [*forfatter*]. O interesse e a repercussão da pequena novela não abalaram sua produção, nem tampouco fizeram com que Thomasine Christine Gyllembourg-Ehrensvärd assumisse a autoria de seus textos. Mesmo após ter escrito, entre romances, novelas, peças e contos, cerca de 30 obras, a autora não abandonou aquela posição ambígua que ocupava. Após vários anos, sendo muito respeitada por suas obras, Thomasine Gyllembourg seguia passando-se por um homem em uma época em que a produção de literatura não era uma atividade realmente permitida às mulheres. Se esse fator autoral pode dizer muito sobre a época e sobre os preconceitos e opressões a que as mulheres foram submetidas, ele também nos revela um pouco sobre a autora em questão.

Nascida em 4 novembro de 1773, em Copenhagen, Thomasine Christine Buntzen casou-se com o escritor e filólogo Peter Andreas Heiberg quando tinha 16 anos, tendo dado à luz ao filho do casal, Johan Ludvig Heiberg, em 1791. Pouco antes de sua união com a jovem esposa, Peter Heiberg publicara seu primeiro romance *Rigsdsaler-Sedlens haendelser* [As aventuras de uma nota bancária], criticando abertamente os mercadores e a nobreza dinamarquesa ao mesmo tempo que apontava os problemas e impasses da influência alemã sobre os países escandinavos. O romance não foi bem recebido pelas classes privilegiadas dinamarquesas, o que não afetou a disposição do autor, fortemente inspirado pelos ideais revolucionários e iluministas franceses. Após a publicação de ensaios, artigos e da peça *Heckingborn*, na qual denunciava a desigualdade social e a pobreza a que grande parte da população era submetida pelos nobres e ricos, Peter Heiberg foi banido de seu país na véspera do Natal de 1799 como decorrência de novas leis de censura que haviam sido implementadas naquele ano. Com o exílio, veio a separação do casal e a autora consegue seu divórcio em 1800, para vir a se casar, em dezembro de 1801, com o barão sueco Carl Frederick Ehrensvärd, ele mesmo exilado de seu país natal por ter sido acusado de participação nos atos que levaram ao assassinato do rei Gustav III, o famoso déspota esclarecido. Por ser um fugitivo, Carl Frederick assume para si o sobrenome materno, Gyllembourg, o qual é passado então para a esposa, de tal maneira que assim a autora obtém o nome pelo qual ficará conhecida: Thomasine Gyllembourg. Após o falecimento do barão Carl Frederick, em 1815, a autora não voltou a se casar e, com a exceção dos três anos, entre 1822 e 1825, em que acompanhou seu filho Johan Heiberg para Kiel, onde este havia sido apontado como professor universitário, viveu toda sua vida em Copenhagen.

Todos esses personagens masculinos parecem dar o tom sobre qual era a posição de uma mulher na Dinamarca do início do século XIX. Cercada de intelectuais, participando de todos os principais salões artísticos e certamente debatendo questões filosóficas, estéticas, poéticas e literárias com muitos desses homens, Thomasine Gyllembourg estava ainda dentro daquele vasto grupo de esposas, filhas e senhoras a quem não era permitida a participação ativa nos mesmos círculos intelectuais que elas ajudavam a compor. Se seus dois maridos haviam sido homens engajados politicamente, seu filho, Johan Heiberg, foi certamente um dos principais intelectuais e agitadores culturais da Era de Ouro da cultura dinamarquesa.

Poeta, dramaturgo, crítico literário, editor de importantes jornais e um dos mais entusiasmados promotores da filosofia hegeliana na Dinamarca, Johan Heiberg cresceu em meio ao grande movimento romântico que tomou conta desse período da vida cultural dinamarquesa. Por mais que Heiberg tenha introduzido tanto o hegelianismo quanto o teatro vaudeville na Dinamarca, retirando certo peso e seriedade deixado pelos românticos, é inegável que o tom estético ainda era marcado pelo romantismo naquela primeira metade do século XIX. Assim, mesmo que seus jornais semanais[1] fizessem o possível para realizar uma crítica literária e cultural tão necessária, não havia ocorrido uma completa transição do romantismo para a literatura moderna realista e naturalista que se apresentaria na segunda metade do século XIX nos países escandinavos.

Foi exatamente no jornal do filho e em meio a esse clima cultural que Thomasine Gyllembourg publicou seu primeiro romance, *Familien Polonius* [A família Polonius], seriado em 1827, com uma boa recepção do público. Foi nesse mesmo jornal que a autora publicou, anonimamente, a novela *Uma História Cotidiana*. A fama alcançada por essa novela foi mantida por tantos outros escritos, com destaque para seu último romance *To Tidsaldre* [Duas Épocas], de 1845. O que se pode destacar inicialmente sobre a atividade autoral de Thomasine Gyllembourg é que esta começou já em sua maturidade, uma vez que sua primeira publicação acontece quando a autora já tinha 54 anos. Tal

---

[1] Os semanários editados por Johan Heiberg foram sobremaneira importantes para a vida cultural dinamarquesa do século XIX. Entre 1827 e 1830, Heiberg publicou *Flyvende Post* [O Correio Voador], sucedido por *Interimsblade* [Revista do Interim], entre 1834 e 1837, e pela *Intelligensblade* [Revista da Inteligência], entre 1842-1843.

maturidade se torna evidente na maneira com que a autora apresenta, por meio da narrativa, os meandros sociais de sua época. Suas personagens são, em geral, pessoas pertencentes à burguesia e à certa aristocracia, tendo em mente que, em um país pequeno como a Dinamarca, tais classes sociais não estavam tão distantes entre si e em relação às classes economicamente exploradas, como costumava acontecer em outros lugares. O mundo dos acontecimentos narrativos se passa em círculos familiares ou em pequenos grupos de conhecidos, sempre privilegiando os espaços que permitem um trânsito entre o privado e o público, como é o caso destacado das salas de estar de casas familiares. Essa ambientação está presente tanto em sua primeira obra, *Familien Polonius*, quanto em outros romances, a exemplo de *Maria*, de 1839, do romance epistolar *En brevvexling* [Uma troca de cartas], de 1843, ou mesmo no famoso *To Tidsaldre*. Este último romance, inclusive, torna ainda mais marcante a escolha de retratar o andamento narrativo a partir desses espaços cruzados, uma vez que, como o próprio título enuncia, o romance é dividido entre uma primeira parte dedicada ao período da "Revolução" e uma segunda parte dedicada ao período da "Época Presente". Se o período da "revolução" é uma referência às agitações que tomaram a

Europa desde a Revolução Francesa, haveria de se supor que os eventos aí narrados tivessem algo daquele espírito universal que lançava as narrativas para grandes acontecimentos externos. Contudo, Thomasine Gyllemnourg condiciona tudo à apresentação determinada pelas relações íntimas, amorosas, familiares, fraternais e, quando muito, profissionais. Essa escolha, condizente com certos marcos estéticos de seu tempo, não deixa de denotar também aquilo que será o traço mais característico de sua obra, isto é, a capacidade de produzir intensidade narrativa a partir da simples cotidianidade. Essa característica emana com bastante clareza no caso da novela *Uma História Cotidiana*, pois ali tudo é exatamente isso, mundano, simples, corriqueiro, ou seja, são eventos que se passam com pessoas comuns em condições e situações perfeitamente banais, sem nenhum apelo a razões grandiloquentes e sem recorrer jamais a uma força externa que viria para arrematar a realidade para um significado supostamente superior. Em certo sentido, essa construção afronta muitos daqueles trejeitos narrativos empregados pelos românticos. Como já foi apontado, o romantismo era, na primeira metade do século XIX dinamarquês, neste período conhecido como a Era de Ouro, uma vertente cultural bastante predominante.

O romantismo que chegou à Dinamarca fora condicionado inteiramente pela influência do movimento alemão. Em 1802, após ter permanecido algum tempo em Jena, o berço do movimento *Frühromantik*, tendo sido aluno e amigo pessoal de Friedrich Schelling, e após ter travado conhecimento com as ideias dos irmãos Schlegel, Goethe, Novalis, Schleiermacher e outros autores da época, o filósofo Henrik Steffens apresentou em Copenhagen nove palestras intituladas *Indledning til philosophiske Forelæsninger* [Introdução às Conferências Filosóficas], por meio das quais inseriu no meio intelectual dinamarquês ideias românticas referentes à natureza, à história, à humanidade e à estética. Logo após essas palestras, deu-se o famoso encontro entre Henrik Steffens e Adam Oehlenschläger, um encontro em que os autores, de forma lendária, teriam conversado por dezesseis horas ininterruptas e após o qual o então estudante Oehlenschläger se converteria ao romantismo, tornando-se o maior poeta romântico do país. As ideias apresentadas por Steffens foram bem recebidas em uma Dinamarca que passava por crises políticas e por questões referentes à identidade nacional, de tal modo que aqueles ideais elevados de Natureza, de História e de Estética, sempre imbuídos de um senso nacional, foram sendo vertidos para personagens nórdicas, para histórias de um passado heroico e mítico e, por conseguinte, para concepções de um orgulho sentimental da produção artística. São conhecidos os caminhos da narrativa tipicamente romântica, com suas personagens sobre-excitadas, com suas emoções demasiadamente afloradas, com aquela subjetividade extremada e tão ampliada que parece confundir-se com as forças mais sublimes da natureza. Se o poeta romântico almeja ser ele mesmo a realização do ideal de "gênio", tão presente naquele tempo, as personagens, tramas e construções narrativas devem ser a própria expressão dessa genialidade.

Thomasine Gyllembourg não poderia estar mais distante dessa pretensão de elevação tipicamente romântica. Ao constituir narrativas a partir de certa cotidianidade, a autora torna evidente o mundo que enquadrará em seus acontecimentos e, por decorrência, quais as condições permitidas para que as histórias mantenham sua coerência interna. Se no romantismo as forças externas operam como determinantes quase inexoráveis, em que um encontro amoroso ou um interesse erótico é expresso na subjetividade de um personagem como uma espécie de destino, no caso das obras de Gyllembourg as relações pessoais, especialmente as amorosas, nunca perdem aquele tom sóbrio e mundano. Isso é suficientemente evidente em *Uma História Cotidiana*, sobretudo quando consideramos que o narrador começa seu relato indicando a completa contingência que o levou a noivar com Jette, um noivado circunstancial que não se devia tanto a um mandamento superior ou a um ímpeto da mais profunda interioridade, mas que acontece em decorrência das condições ali presentes: um balneário de veraneio, um momento de relaxamento após o término de certos empreendimentos profissionais, o contraste de Jette com as outras personagens tediosas e pouco elegantes e, principalmente, o sentimento um tanto quanto nostálgico de um homem solitário. Não leva muito tempo para que o narrador perceba que talvez aquele noivado tenha sido um erro, percepção essa que fica cada vez mais patente quanto mais ele se vê forçado ao convívio com uma família que, com exceção do pai, parece preencher todos os elementos de uma pequena-burguesia frívola. Em muitos sentidos, portanto, a história presente em *Uma História Cotidiana* poderia ser vista como um anti-romantismo. A linguagem é simples, os modos narrativos são diretos e pouco "poetizados" e o distanciamento do próprio personagem-narrador com relação aos acontecimentos denotaria algo do que estaria presente, posteriormente, no que conhecemos por "realismo". Contudo, a personagem Maja causa algum ruído nesta concepção.

Desde muito cedo, a narrativa contrapõe as irmãs Jette e Maja, não apenas em suas relações familiares, mas também na maneira que são retratadas pelos outros personagens. Se aos olhos do apaixonado amigo Anton a idolatrada Maja é um poço de virtudes, aos olhos de Jette e de sua mãe a meia-irmã e enteada é pouco encantadora, muito rígida e séria. Tais contraposições vão se intensificando e se alterando conforme se dá o andamento dos novos acontecimentos e, mais, conforme o personagem-narrador entra em contato com Maja pessoalmente. Se inicialmente o retrato que Jette havia feito de Maja permanecera no personagem-narrador como a expressão de uma "verdade", tal retrato se altera quando o próprio noivo arrependido se frustra com aqueles modos e maneiras de vida nutridos por Jette e sua mãe, criando então uma mudança na perspectiva sobre aquilo que poderia ser considerado como "sério", "rigoroso" ou "pouco encantador". A alteração de perspectiva, por sua vez, começa a lançar luz na maneira com que Maja passa a ser alvo de admiração, desejo e veneração por parte do personagem-narrador. A descoberta de seu amor por Maja, tão sensível e construída de forma tão singela, perde um pouco daquele distanciamento "realista" que inicialmente marcara a narração, impelindo o apaixonado para dentro de uma interioridade razoavelmente convulsionada, interioridade essa que é atormentada pela dúvida sobre a correspondência do amor e pelo entrave de seu próprio noivado. O derretimento do caráter mais duramente "realista" ocorre paulatinamente conforme o amor por Maja se desenvolve no âmago do personagem-narrador e isso se evidencia pela maneira idealizada e bastante elevada com que a amada é descrita. Quando, nos momentos derradeiros da história, as intensificações chegam aos seus extremos e os desmaios de donzelas e os desafios de bravos cavalheiros se apresentam de forma bastante convencional, é a entrada em cena do primo e antigo noivo de Maja que permite com que a narrativa caminhe para um ajuste feliz em todos os sentidos possíveis. O final feliz é moderadamente satisfatório, em plena concordância com os sofrimentos anteriormente representados. Moderadamente aqui pode significar algo bastante significativo: a felicidade final é, ela também, cotidiana. Como não aconteceram grandes raptos, uma vez que não foram apresentados enormes engodos, tramoias ou maquinações perversas, como não foram inseridos elementos fantásticos, sobrenaturais ou mágicos, o que poderia acontecer ao final tinha de ser bem isso, uma felicidade cotidiana.

Ao longo de toda a história, o estilo narrativo conjuga bem essa posição nem tão romântica e nem tão realista, inserindo alguns traços de ironia ou de distanciamento, como nas críticas veladas que faz o personagem-narrador às manias pequeno-burguesas de Jette e de sua mãe, mas também inserindo algumas grandiloquências na maneira com que Maja é descrita. Se trata, no fundo, de uma história relativa às relações amorosas e sociais daqueles personagens, algo que está presente tanto no romantismo quanto no realismo. A singularidade que Thomasine Gyllembourg produz através dessa novela se evidencia precisamente nesse "entremeio", pois uma vez amainadas as elevações exageradas do romantismo e uma vez sopesadas as forças destrutivas do que viria a ser a marca do realismo, a autora faz com que a cotidianidade se torne o meio de expressão de algo muito singelo e, ao mesmo tempo, muito fundamental. Em seu primeiro livro publicado, *Dos papéis de alguém que ainda vive,* Søren Kierkegaard elogia *Uma História Cotidiana* por ter uma "visão-de-vida" orientando sua condução narrativa. Tal "visão-de-vida" permitiria, segundo o filósofo, tornar evidente o que realmente importava, isto é, a *existência* dos personagens, uma existência concreta, mundana e, ainda assim, completamente única. É difícil mensurar o quanto as obras de Thomasine Gyllembourg produziram de efeito e o quanto influenciaram a literatura posterior. Pode-se notar, no entanto, que mesmo autores dinamarqueses posteriores como Jens Peter Jacobsen e Henrik Pontoppidan, apesar de suas evidentes diferenças, compartilharam dessa posição de "entremeio" em muitos de seus escritos, favorecendo a expressão dessa cotidianidade em detrimento de ideais mais elevados, inserindo um "realismo" nas letras escandinavas que, no entanto, não compartilhava inteiramente de certas afetações que se mostravam tão presentes em outros países próximos. Não se pode negar que Thomasine Gyllembourg, em muitos sentidos, foi pioneira em certos tratamentos narrativos, uma autora escondida e pouco conhecida na história literária. Em todo caso, o que resta é a obra. E ela é existencialmente válida, daquela maneira singular que apenas algo tão corriqueiro poderia ser.

SOBRE A AUTORA

Thomasine Christine Gyllembourg-Ehrensvärd (1773 - 1856) foi uma escritora dinamarquesa conhecida por seus romances e novelas que contribuíram grandemente com o assim chamado Período de Ouro da literatura dinamarquesa. Iniciando as publicações já em sua maturidade, empregou o subterfúgio de um pseudônimo masculino, como era típico do período. Obteve grande prestígio e admiração por parte dos leitores da época, um reconhecimento ocorrido após a publicação de *Uma História Cotidiana*. Foi aclamada pelo filósofo Søren Kierkegaard pela singularidade existencial com que construía a narrativa e seus personagens.

SOBRE O TRADUTOR

Lucas Lazzaretti é escritor e tradutor. Publicou os romances *Sombreir* (7Letras, 2018) e *O escritor morre à beira do rio* (7Letras, 2021), o livro de contos *Placenta: estudos* (7Letras, 2019) e o livro de poemas *Memórias do estábulo* (Kotter, 2020). Publicou traduções de textos literários e filosóficos do inglês, espanhol, dinamarquês, francês, italiano e alemão. Dentre seus trabalhos de tradução, destacam-se os romances *Amor e pedagogia*, de Miguel de Unamuno (7Letras, 2020) e *Sonatas: Memórias do Marquês de Bradomín* (7Letras, 2020), bem como o ensaio A *Crise e uma crise na vida de uma atriz*, de Søren Kierkegaard.